並非承擔悲劇之人，
亦非超越悲劇之人；
並非不抱希望之人，
亦非捨棄希望之人；
而是雖認真地強烈渴求未來，
卻又接受自己絕對無法獲得
那種未來之人——
Do you have
what THE END?
Are you busy?
Shall you
save XXX?
末日時
在做什麼？
有沒有空？
可以來拯救嗎？
EX
枯野 瑛 Akira Kareno
illustration ue

末日時
在做什麼？
有沒有空？
可以來
拯救嗎？

Do you have
what THE END?
Are you busy?
Shall you
save XXX?

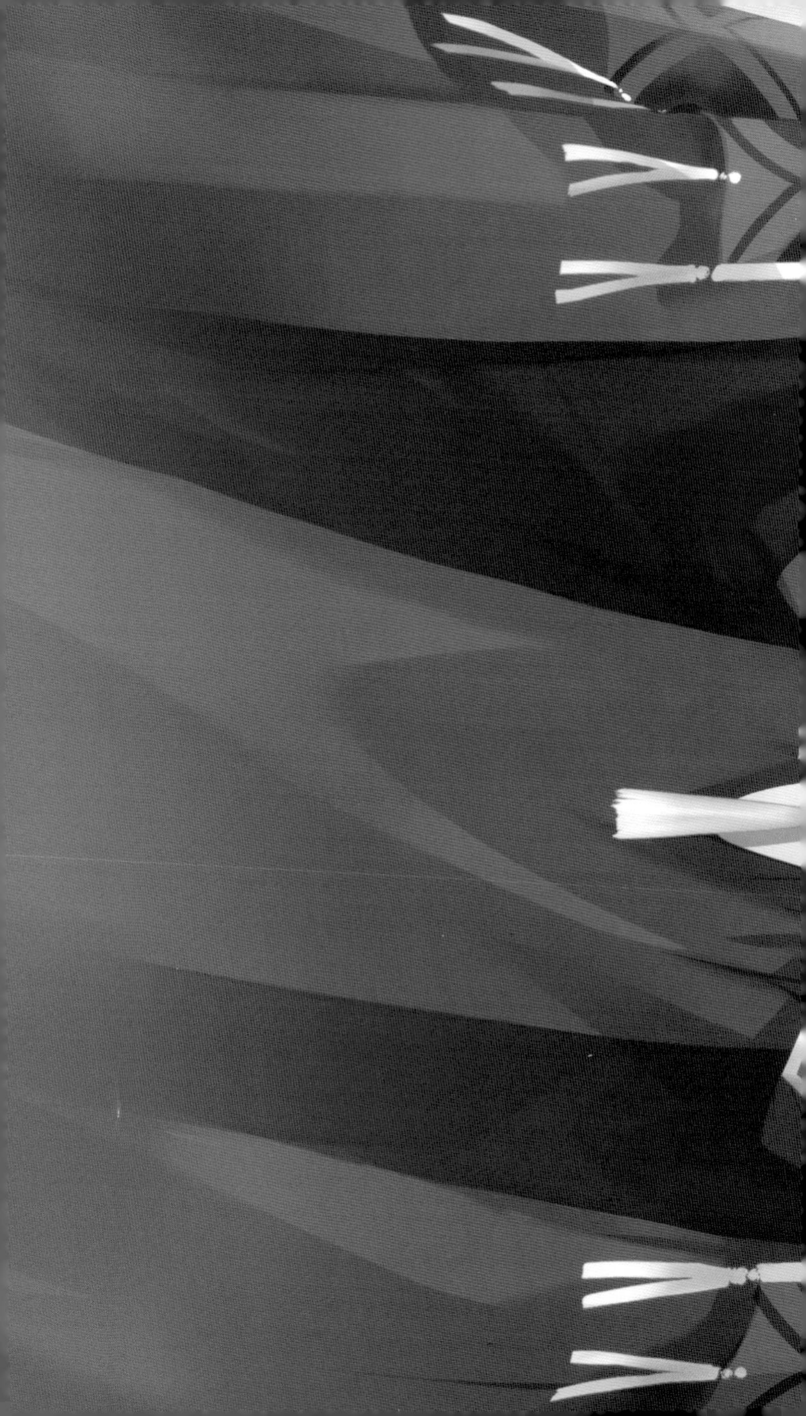

「喂～！都給我站住～！」
「哇～！這次換珂朵莉當鬼～！」
「誰是鬼啊～！」
珂朵莉・諾塔・瑟尼歐里斯

黎拉・亞斯普萊
「很適合您喔。」
「非常美麗呢。」
「真是落落大方。」
許多我聽慣的話。
許多我聽膩的話。
多希望，起碼能從那傢伙口中聽見一次……
然而，他絕不會對我說那些話。

末日時在做什麼？有沒有空？可以來拯救嗎？
EX

枯野 瑛
Akira Kareno
illustration ue

Kadokawa Fantastic Novels

末日時
在做什麼？
有沒有空？
可以來拯救嗎？

contents

「年歲尚幼者」

-someday, I will be-

春陽和煦灑落的六十八號懸浮島上。

一名年幼的少女，正竭盡全力地獨自擦劍。

那是柄大劍。光看其長度，就直逼少女本身的身高。厚實劍身散發的光澤無疑是來自於金屬。即使只是從旁觀察，也能看出重量應該相當可觀。不管鋒利度如何，就算單純當成鈍器，恐怕也能輕鬆劈開一兩道灰泥牆吧？它的存在感會讓人這麼想。

不過，只要仔細端詳就會發現，有狀似裂縫的刻痕遍布於劍身。與其說是一柄劍身裂開了，那更像勉強將原本零零碎碎的金屬片拼湊起來的形跡。接近損壞的物品光是像那樣存在，就會引起觀者的不安。假如用它劈向牆壁，劍身似乎也會跟著牆壁一塊碎散——倘若是不認得這柄劍的人，有如此的想法也不奇怪。

少女用她嬌小的手掌，以剛打好的水清洗毛巾。

仔細擰過以後，才開始擦拭劍身。

劍本來就沒有髒得多明顯。頂多就是擺了一陣子，期間積了些灰塵。但少女絲毫不管那些，還露出一抹微笑，不停動著她的手。嘰嘰嘰。有些可愛的擦拭聲混進春風吹拂樹木的聲響中。

「菈琪旭。」

——少女停下手邊動作。

她抬起臉龐，然後回頭。有另一個年紀相仿……大約十歲左右的少女，正擺著傻眼似的表情朝她走近。

「什麼事？」

「還問什麼事，午餐時間到了。因為妳遲遲沒出現，我才來叫妳。」

「……啊。」

少女——菈琪旭慌張起身。她急忙卻又手腳俐落地將工作打住。攤開白布將劍輕輕裹好，安放於隱蔽處；毛巾重新擰過，晾在向陽處；水之後可以重打，就倒到草皮上了。

「對不起喔，待會兒再繼續。」

菈琪旭特地行禮致意以後，才轉身面對來接她的少女。

「謝謝妳通知我，潘麗寶。我們走吧。」

「嗯。」

潘麗寶帶著好似無法接受，又好似被勾起興趣的微妙表情，一直撥弄自己的瀏海……

「也對，那就走吧。」

她只瞥了白色布包裡的劍一眼，就邁步離開了。

「——這樣問感覺怪怪的就是了。」

在路上，潘麗寶一邊揮舞撿到的小樹枝，一邊問道。

「問什麼？」

「妳不會覺得瑟尼歐里斯是柄讓人厭惡的劍嗎？」

「……咦？」

菈琪旭一副愣住的臉。

「哎，我倒不覺得自己問的問題有那麼不可思議。據說它是只有命運乖蹇之人才能使用的劍，不是嗎？要說的話，威廉與珂朵莉學姊等於都是死在那柄劍的定數之下吧。」

潘麗寶手裡把玩著小樹枝，並且繼續說道：

「何況要是照這樣理所當然地發展下去，菈琪旭，下一個被它的宿業吞沒的人，就是妳耶。」

「啊……唔嗯～」

菈琪旭把頭歪一邊。

「我懂妳那樣的思緒，要說我完全沒那種想法，會有一點點撒謊的嫌疑……不過呢，我猜那肯定相反吧。」

「相反？」

「畢竟瑟尼歐里斯什麼壞事也沒做嘛。它只是在有人遇到非常非常嚴重的情況，而且確實需要力量時才提供助力啊。」

潘麗寶停下腳步。

菈琪旭也跟著停下，然後回頭。

「潘麗寶？」

「妳繼續說。」

「啊，嗯。呃，我覺得瑟尼歐里斯是柄既溫柔又嚴厲的劍耶。好比在一切都無能為力時，對於憑一己之力什麼都辦不到的人，它就會提供或許能扳回贏面的小小機會……」

「……是嗎。原來妳是那麼想的。」

「嗯，我就是那樣想的。」

潘麗寶又邁步。菈琪旭也再次邁步，與她並肩前進。

「珂朵莉學姊是如此；威廉先生也是如此；還有那些我不認識的……五百年前屬於人類的勇者前輩也是。他們在真確地無能為力時，始終都獲得瑟尼歐里斯點點滴滴的幫助。瑟尼歐里斯是大家的大恩人，因為它真的是把了不起的劍。」

把無機物講成恩人像話嗎？潘麗寶歪頭如此心想。

菈琪旭則滿不在乎地……

「將來有一天，我肯定也會落於世界上最危險的處境，而不得不向瑟尼歐里斯求救。到時候就要拜託瑟尼歐里斯關照了，所以我才要趁現在多多討好它啊。」

一邊說著這些，一邊在胸前微微地擺出奮鬥架勢。

「嗯。」

「妳傻眼了？」

「……沒有。」

潘麗寶淡淡笑了以後，便甩掉手裡的小樹枝。

「我只是覺得，這番話很有妳的風格。」

「是……是嗎？呃，我可以感到……高興嗎？」

「哈哈，這種反應也非常有妳的風格。」

「啊～這次我懂了！妳果然對我感到傻眼，對不對！」

「看來妳似乎有所成長，真是太好了！」

菈琪旭舉起小小的拳頭，潘麗寶則笑著逃跑。

嬉戲追逐開始了。

兩名少女跑過從通往妖精倉庫餐廳的走廊。

風吹起，使得裹著聖劍（Carillon）瑟尼歐里斯的一部分布料被掀開。其劍身沐浴在太陽光下，垂淚似的散發了些許白色光芒。

「亡國姬勇者」
-about a wild flower-

1. 黎拉・亞斯普萊

黎拉・亞斯普萊曉得何謂空洞。

並非以知識的形式，而是透過體驗。

當時——四年前，在黎拉十歲的自我之中，就有它存在。

†

黎拉曾是個溫順的少女。

她很聽大人說的話，也會帶著笑容擔任被要求的角色。

她是迪歐涅騎士國的公主，王位繼承權列居十四。由於迪歐涅本身是個充滿田園詩情的小國，本來就與權力鬥爭幾乎沾不上邊。

就和平國度的象徵而言，黎拉被要求扮演的角色是純真開朗，一無所知又笑口常開，好似人偶般的少女。而且，從小便聰明過人的她十分理解那一點。黎拉是在理解之後予以接受的。

既然自己帶著笑容就能讓身邊的大人獲得救贖，那也不得已。只要臉頰的肌肉還能運作，就一直笑給大家看吧……以前，她曾這麼想過。

為避免誤解，要附加說明的是黎拉在那段日子過得絕非不幸。儘管父母繁務纏身，對待女兒仍懷有親情；貴族院的大人物，還有騎士院的眾強將基本上皆屬善類。黎拉的笑容絕非完全出自演技，反倒可以說她是運用自然流露的表情在面對任務。

可是，在她九歲時，世上的一切都變了。

有種怪物（Monstrous）名叫古靈族（Elf）。它們的外表是彎曲的朽木，然而不知是什麼惡劣玩笑，這些朽木會靈活地成群到處活動。古靈族以怪物而言被分類為靈種，換句話說，它們應具備高度智慧及技術，但因為與人類之間無從溝通而未經證實。其個體個個長壽，以種族來說歷史悠久，且神祇時代的技術傳承至今，基於以上幾點，軍方等處的正式文件往往將其記載為「古靈族」或「古靈諸種」。它們鮮少離開名為「汙濁森林」的地盤，但是，為了擴增「汙濁森林」本身的面積，偶爾會成群進攻人類的領土。

有數量近百的昏古靈(Gloom Elf)族像疾病一樣地侵襲了迪歐涅的領土。

襲擊發生於拂曉之前。在炊煙開始從民宅煙囪升起的前一刻，完全不同的火頭就從市區這端燒到了那端。面對強得出乎預料的怪物集團奇襲，為防萬一而布署的民兵與騎兵團幾乎毫無建樹就被掃平了。

國家消失。

活下來的人寥寥無幾，在那當中，也包括了被忠臣從祕道帶到外頭，當時年紀還小的黎拉公主。

到此為止的故事還算有名。而大多數的人聽過這段故事，都會認為黎拉・亞斯普萊在當時失去了一切。

從某個層面來看，那是正確的。黎拉當時確實失去了許多東西。

從某個層面來看，那是錯誤的。因為黎拉是在那起事件過後好一段時間，才開始感到失落。

身為悲劇的主角，黎拉後來曾讓各式各樣的地方收容。

而在那些去處，少女被要求扮演了與以往不同的角色。

失去所愛的一切，遭到集結成群的邪物略奪，親眼目睹種種東西在火焰中逐漸消失：珍惜的東西、不在乎的東西、不希望失去的東西、巴不得消失算了的東西——一切都公平而平等地燒燬在灰燼之中。

既然如此，她理當傷心過。

既然如此，她理當痛苦過。

既然如此，她理當絕望過。

既然如此，她理當憤怒過。

既然如此，她理當憎恨過。

每個人都要求這位亡國的公主當悲劇主角。要求她當「可憐的女孩子」。好比在溫暖的屋裡欣賞雪景。看著他人的不幸，對相信自身並非不幸的人們來說，成了恰到好處的樂子。

黎拉曾是個溫順的少女。

她很聽大人說的話，也會帶著笑容擔任被要求的角色。

黎拉傷心給他們看；痛苦給他們看；絕望給他們看；憤怒給他們看；憎恨給他們看。

她順了周遭大人的意，無力地在臉上掛著皮笑肉不笑的笑容，將那些期望體現給他們看。

某天，在黑暗之中，黎拉忽然察覺了。

自己真的傷心嗎？真的痛苦嗎？真的絕望嗎？真的憤怒嗎？真的憎恨嗎？

毋庸置疑，那些感情就存在於這顆心當中。可是，她不明白發自於何處。

在那一天那一處，九歲的黎拉‧亞斯普萊望著火焰熊熊燃燒的同時，心裡想著什麼？

她記不起來。

妳該是這樣的，妳應當要這樣才對——他人一再抱著期待相勸，蓋過了黎拉當時的記憶與心思。

努力順著他人期望立身處世的那名少女，在回過神來時，已經忘了自己原先的面貌。

†

一年過去了。

黎拉長到十歲。

請您在這裡等候——老爺子在小小的茅屋中如此囑咐她，接著就和其他格外強壯的老人一塊兒離開小茅屋。

要遵守囑咐，就這樣靜靜不動也無妨。反正她並沒有想做的事。基本上，她從小就習慣規規矩矩地坐著賠小心了。抹煞心思，避免讓自己覺得無聊也是她的拿手技倆。無論幾小時……又或許是好幾天，她都能安分地一直等下去才對。

可是。

不知為何，她偏偏在那天鬼迷心竅了。

少女不小心走進了定當毫無古怪的鄉間森林。

採取平時不會做的舉動，就會看見平時不去看的事物。

森林中，在較寬敞之處，有個十歲左右的男孩揮舞著木棍。

少年的身子看似有熱氣冒出，恐怕並不是錯覺。他大概一直都在做劇烈運動吧，明明還是會冷的季節，他卻滿身大汗，腳底的泥土甚至還留下黑色痕漬。

若當成單純玩耍，感覺他似乎在各方面都熱血過頭了。

少女決定躲到樹後，觀察一下。

木棍握得淺；腳步踏得深。基本架勢的重心頗高；打擊瞬間的姿勢格外低。她盯著少年像作壞的陀螺一樣轉來轉去，便慢慢地看出那套奇妙動作的底細。

這大概是想一次練到各種武器的用法。

光是粗略看去，感覺也像耍得高明一點的舞刀弄劍。換言之，其動作近似劍術。但仔細看過以後，就會發現兵器的間距逐漸在變。將手握的位置做細微調整，透過區區一根木棍，重現出千種兵器的揮舞方式——應該說，從少年的動作背後，隱約看得出他志在將其重現的境界。

然而，憾就憾在這個少年的本事到底是不夠。

這項鍛鍊的要點，八成在於掌控武器間距的運指方式。不過，少年的手頭動作卻明顯笨拙。身法亦是如此。體格上無從彌補的腕力與體重既已欠缺，為了讓打擊有力道，就必須巧妙地讓擺得高的重心「落在」打擊點上。但是從這個少年的情況來看，好不容易使出的力氣幾乎都從鞋底流失到地面了。假如身法不能更加輕靈，好比在雲端上翩然起舞那樣，這項鍛鍊應該到最後都無法跨出「耍得高明一點的舞刀弄劍」的範疇。

少女越觀察，越是接二連三地發現不滿之處。

不滿累積起來以後，就開始感到火大了。

明明如此，目光卻莫名其妙地移不開。

視野變得扭曲。不知道為什麼，少女發現眼淚快要冒出來了。雖然不知道為什麼，但是再這樣放著不管，淚珠就會奪眶而出。總覺得那樣很討厭，所以她依然沒有將目光從少年身上移開，就用手指交互擦掉兩邊眼睛的水氣。

唰。

突然間，少年腳滑了。

啊——她心想。

她看見少年露出「啊」的表情。

少年的鞋子在空中劃出藝術性的弧度，身體同時也滾了半圈。伴隨「砰」的誇張聲音，背脊摔到地面上。那樣會很痛。因為那不同於單純跌倒，好比對自己用了拋摔的招式。他是摔在柔軟的土壤上，所以應該不至於受傷就是了。

「——痛死啦啊啊！」

少年扯開嗓門。

他用慘叫的方式作為掩飾，吐露身子無法動得隨心所欲的不甘。

恐怕是疲憊不堪的身體在要求休息吧。少年伸開手腳，就這麼躺到地面上，然後遙望藍天……

「…………」

隨後他察覺到「這邊」了。

目光交接。

少年應該想都沒有想過，會有參觀者在那裡。他的眼睛一瞬間顯現出訝異，然後慢慢地轉變成羞恥。

「妳……妳是怎樣！」

臉是漲紅的，剛做完劇烈運動會這樣算合情合理。明顯在害羞的倉皇舉止，少年跳了起來。他拍掉衣服沾上的土，重新撿回甩開的木棒，彷彿想當成剛才並沒有栽跟斗一樣地擺出雷芯的架勢。

「難……難道妳都看見了！」

看得一清二楚。

……少女差點就這樣老實地答出來，連忙又把話吞了回去。

這大概是不能講的話。這是會傷害到少年（疑似）僅存自尊心的糟糕答覆。身為深閨中的公主，或者身為悲劇女主角合計十年來的人生經驗，都告訴她千萬別那樣回話。

不過話雖如此，她似乎也不能就這樣沉默下去。少年怨恨似的目光，正直直地望著她這邊。得做些反應。

要說些什麼才行。那種焦慮拖累了年幼的判斷力。瞬間浮現於內心的詞，一個不小心，就這麼脫口而出了。

「好。」

「……好？」

「好遜喔。」

那一刻，時間確實凍結了。

少女聽見了少年的自尊心受傷進而粉碎的聲音。

那就是黎拉・亞斯普萊這名少女，與日後在劍藝方面成為她師兄的少年，在初次見面時的記憶。

此外，那一幕也是對自己人應該都溫柔寬厚有風度的少年，威廉・克梅修之所以把師妹黎拉視為唯一例外的導火線。

2．不落的太陽

後來，又過了幾年時間。

「沒辦法嘛，事實上他那時候就是遜啊。」

黎拉一邊嘀咕抱怨，一邊踏過雪地。

「根本來說，被點破之後會生氣不就代表切中要害嗎？既然切中要害，被點破之後沒道理對人發脾氣吧。他應該默默地向我低頭承認：『公主您說得是。』然後再回去練劍才合道理嘛。」

她對獨自旅行習慣了。

同時，卻也染上了自言自語的毛病。

「……哎，總之就那麼回事。再怎麼習慣獨處，連我自己都覺得應該要改掉喃喃自語的毛病比較好，我姑且是有自覺的啊。說到底就是有失體面，不像樣，被人聽見會沖淡正規勇者（Legal Brave）大人的神祕感。果然問題就是出在那裡吧？」

黎拉不停地發出內容矛盾的自言自語，並且忽然抬起臉龐，環顧四周。

好白。一切都是白色的。白到與黑夜沒有多大差別。

而且好冷。這已經遠遠超出寒意的級別，純粹令人既冷又痛。

據說過去造訪此地的著名詩人，曾如此形容這地方。荒野一望無際，樹木凋零，大雪不止。呼嘯不絕的風為怨靈之嘆，更是它們想詛咒所有具備熱度的生物凍死的顯應。世界若有盡頭，非此地莫屬——詩裡如此談到。

當然了，這類詩句常有的通病，就是其用詞並沒有精確表達事實。荒野廣闊有限，看似凋零的樹木只是適應生長於寒冷地帶的植被，一年之中也會有幾次雪停的日子。根據開拓探險者之後的報告，如今也已判明還有比這裡更加偏北的大地存在。

哎，不過要談到這裡的風……實際上還是有可以同意的部分。

忽高忽低，時而猛烈時而寧靜，好似纏人又好似隔了距離，著實表情豐富的風聲漩渦。置身其中，確實會懷疑背後是否有什麼力量在演奏。死靈、神、精靈、妖精，大致就是那類超越人智之物會玩的把戲——

哈啾！

無意間打出的特大號噴嚏，把意識拖回現實。

「……好冷。」

黎拉從毛茸茸的禦寒衣裡頭，發牢騷似的咕噥。

她一面用指頭搓鼻尖，一面又看向道路彼端。白茫視野中，在大片雪花狂舞的另一頭，隱約可見有好幾頂暗淡的灰褐色帳篷排在一塊兒。

「是那裡嗎？」

黎拉晃了晃身子，重新揹好行囊以後，再度向前邁步。

†

人類的歷史，是與眾多怪物奮戰的歷史……如此斷言難免有胡謅之嫌，不過那對人類史來說肯定為一大要素才是。

它們全都與人類敵對，而且強大。

仗著龐大身軀發動侵襲的怪物；溶入自然環境埋伏的怪物；運用謎樣法術迷惑人心的怪物；獵食人類的怪物；純為殺戮而殺戮的怪物；為了取樂而玩弄人的怪物。從文明的黎明期算起，對人類來說，各式各樣的怪物始終是近鄰。

另一方面，人類絕非強大的生物。基本上都力氣孱弱，腳程緩慢。一戳就會死，被火燒、溺於水、摔到了或餓著了都會死。

人類的數量確實算多。不過，單純以個體數來講，大概就比豚頭族(Ork)那種多產的怪物差了一位數。附帶一提，平凡民眾普遍不懂集體作戰的方式，人數再多也算不上強。

人類也學會了使用武器或兵器。然而，無論於技術或生產力，都有其他更優秀的種族存在。人類經實用化以後所仰賴的武器，大半只是對土龍族(Morrighan)等族創造的產物加以模仿，再改良成適合自己使用的型態罷了。

儘管如此，人類仍頑強地繁榮至今。他們除去危險，拓墾未開之地，一路擴張領土。在那段過程中，人類孕育了多如山的「弱者用於對抗強者的技術」，並且精益求精，將其鑽研到極致。

比方利用獨家成長法鍛鍊己身的冒險者。

比方憑著不撓意志保衛故國的軍隊將兵。

比方將古代睿智傳承至今的賢人塔眾學士。

比方倚靠無形羈絆守護有形之物的傀儡兵與機工咒士。

還有那些被讚光教會選上的鋼鐵聖徒，復甦於現世的古代神話，在人類守護者中甚至被形容成命定的勝利者，王牌中的王牌，名為勇者（Brave）的戰士……

他們為了保護眾人的生活而戰。或者各有其奮鬥的理由，結果同時也保護了眾人的生活。以結果而言，人類從未滅亡地撐了過來。

到了最近，有種說法正在大陸上急速傳開。

據說，有一尊星神（Visitors）從神話時代的沉眠裡醒來了。所謂星神，是被認為在過去造就了世上萬物的超然種族。人們認為，祂們在古時候就已經舉族前往遙遠不知處了——不過，看來當中似乎只有一名例外。而且，那位星神偏偏決定與全人類敵對。祂率領著三尊身為世界管理者的地神，正準備進攻人類文化圈。

這下大事不好了，人類的存續面臨危機。

傳聞的內容震撼無比，絕望到不能再絕望。可是，提及那件事的人們，幾乎都沒有帶著多悲愴的表情。

有強大的怪物又怎樣？以往在自己身邊，絕對也都潛伏著那種鬼東西。但為了保護人們，還是有人挺身而出。有一群極為強悍的人在為大家戰鬥。

名為人類的種族，不會輸給任何東西。以前是如此，以後更是如此。

所以根本就沒有必要操心——他們認為。

†

——野戰帳篷中充斥著凝重的空氣。

作工粗陋的作戰桌上，攤開了周遭的簡略地圖。塗成紅與藍色做區分的木刻兵棋排放其上，顯示出敵我的戰力及布署方式。

圍繞桌子坐著的是三名男子。每個人都露出類似的嚴肅臉孔，並且瞪著桌面。

「……照這樣下去，贏不了吶。」

其中一名男子，布陣於此的北方守護兵團軍略負責人開口了。

「我們放任敵方擴展得太廣了。戰事拖久，士兵也都疲憊不堪。如今要向友軍請求支援也來不及。實質能用的手段……我想頂多只有拜託聯盟組織（Alliance）加派援軍。」

「不過，那有損兵團的顏面。」

身為現在最高負責人的將軍以苦澀語氣反駁。

軍隊總歸來說就是行使暴力的組織，放任行使暴力者而不嚴律就會流於粗莽，這是世間的常理。正因如此，許多軍隊都會灌輸自軍士兵要有榮譽心並予以珍惜的觀念。

當然，這支北方守護兵團也不例外。在當下，保有顏面是十分要緊的一點，有意保住顏面的志節又更加寶貴……因此以守護兵團的將兵來說，他的反應倒是合乎正道。

「為了顏面，就要與國土一同滅亡嗎？」

但若受到如此質疑，便無話可回了。

尚未參與對話的最後一人，也就是士官長，依然環抱著胳臂，還從嘴裡發出了低吟。

實際的問題在於戰況極端惡劣。

他們的敵人是成群古靈族。而且年邁古靈族施展的詛咒，會名符其實地支配其土地。古靈族支配的土地即為「混濁森林」——那是指紫色而帶有毒性的森林。

聽到這裡，大部分的人類會解讀成「那些叫古靈族的傢伙在汙染森林」。大概是靠著散布毒液或什麼來著，將原有的森林玷汙。原本盎然的綠意，還有原本活在那裡頭的動物，大概全會死滅殆盡吧。唉，多麼恐怖。多麼駭人啊。

錯了。

實際對抗過它們侵略的人都曉得古靈族下咒是可以將世界名符其實地重塑的行徑。

若根據一種說法，古時眾神在創造世界時，孕育出來輔佐祂們的從屬靈體，就是古靈族之祖。它們會在書籍上被記載成「古靈」便是此故——而且，據說那些傢伙當時就從眾神懷裡偷得了可以塑造改寫世界的部分奧祕。

古靈族要侵略的那塊地方，並不需要有森林。

縱使該處是平原、山岳乃至於汪洋，它們都可以使其變成「混濁森林」。先有土壤無端湧現，後有扭曲的樹木滋生茁壯。莫名其妙的蟲兒將無端聚集過來，並且築巢營居。接著，它們就會以宛如幾千年以前就存在於那裡的傲然態度久留不去。

所以，挑戰古靈族支配的「混濁森林」，伴隨著與自然威脅完全不同層面的風險。進攻當中的最深處，等於自願替食人怪物祭五臟廟。

「——這跟人類間爭奪領土不是同一回事。我們的落敗，形同將此地的一切陷於那片毒沼。無論如何，我們都輸不得。」

「可是，就算向冒險者求助，究竟有沒有意義可言？」

「什麼意思？」

「即使只有一隻，古靈族仍是強敵。我們在此對付的，則是『群體』。何況，它們可是有能耐散播詛咒吞下如此廣闊土地的長老種。而冒險者那種人與我們不同，是為了自身而戰。他們怎麼可能只為了大義，就衝進明顯會喪命的死地。」

所有人都陷入沉默。

士官長又發出低吟。

有隻纖弱的手從旁伸來，拿了塊放在作戰桌角落的烘焙點心。

「追根究柢，與古靈族作戰能派上用場的好手，在冒險者中同樣極為有限。照理說，也無法期待碰巧有那種人逗留於這塊北方之地才對吧？」

「那麼，難道要大家就這樣坐以待斃？」

「我沒那麼說，但是為了讓我軍活下去——」

有團毛茸茸的防寒衣……有個身穿防寒衣的人，正喀哩喀哩地一面從邊邊小口啃起烘焙點心，一面望向作戰桌上。

「不幹些什麼，就什麼都改變不了啊！」

「我的意思是，正因為如此，我們沒有餘力採取無謂的手段！」

雙方皆無餘裕。

語氣變重，用詞也跟著粗魯。

士官長嘴裡咕噥有聲。

輕輕一晃，烘焙點心又少了一塊。

「…………」

「…………」

男子們的目光，聚集到了一處。

聚集目光的當事人，不知不覺中出現在那裡的第四個人物，停下了啃著烘焙點心的手與口，忽地抬起臉龐。

「妳做什麼？」

軍略負責人代表在場者提問。

「啊，我拿了點心來吃。因為硬是從冷颼颼的地方趕過來的關係，都餓壞了呢～」

可疑人物用少女的嗓音如此回答以後，便摘下防寒衣的兜帽。

燃燒般的紅髮流瀉而下。

現出身影的，實際上就是個少女。

光看臉孔及體格，其年紀大概十五六歲，或者再小一點。然而，流露著某種奇妙餘裕的那副表情，看來卻不像孩子。甚至還像上了年紀的老婦人。

「呃～向各位問安。我是從讚光教會來的。」

或許是走寒冷的路來到這裡所致，那名少女一邊用手掌輕輕搓著染紅的臉頰，一邊說出那樣的話。

「啥？」

將軍發出狐疑的聲音。

「怎麼，難道妳要來替我們安排葬禮的手續？免了免了，多管閒事。」

「不，並不是那樣。」

「這裡是最前線。面對強大的敵人，我們正展開殊死之戰。這不是讓孩子掙零花錢的地方。如果妳不想跟我們葬在同一塊墓，就快快回去吧。」

讚光教會的祭官也分許多種。他們並非盡是在祭殿中主持每日儀禮就能領取高俸的人。連每日餐飯都要愁的貧困祭官中，也有那種漂泊於形勢不利的戰地，好推銷簡略葬禮的人。將軍話裡所指的就是那麼回事。

「哎，別那麼說啦。」

少女毫不介意，又回頭端詳桌上。

「妳這丫頭——」

「唔？」

在火冒三丈的將軍講出下一句話之前，士官長微微地揚起半邊眉毛。

「小姑娘，能不能請教妳背後那看起來沉甸甸的行李是什麼？」

「這是劍喔。」

少女隨口回答。

「以普通的劍來講，尺寸可真大不是嗎？」

「對呀。」

「那麼，它是不是聖劍瑟尼歐里斯呢？」

「嗯。」

少女乾脆地點頭。

將軍的表情僵掉了。軍略負責人茫然若失，臉上失去了色彩。尷尬的沉默充斥於野戰帳篷。

這也難怪。

在這個世界上，有人被稱為勇者。他們並非凡人。不隸屬任何國家，只為全人類的存續而戰，絕對能剋制怪物的終極最強戰力。擁有諸如最強聖劍、卓越的祕藏絕技、稀世才華、最古老的守護者，或者英雄血統、具悲劇色彩的出生經過等，累積起來像山一樣多的「強大理由」，彷彿讓人從全方位審視都不得不服「你最強」，活於今世的神代傳奇。

而提到瑟尼歐里斯，則是目前人類手中至高無上的最強奧祕之一。立於眾多聖劍的頂點，名喚極位古聖劍的五柄劍之一。曾遊走好幾位獲選者的手，一路在數不盡的戰場上擊退人類大敵。而現在，使用它的乃是讚光教會認定的第二十代正規勇者——

「黎拉．亞斯普萊……？」

將軍低聲道出那名字。

「怎麼會。」

軍略負責人無力地搖頭。

「說到姬勇者黎拉，應該是有著燃燒般紅髮的絕世美女才對。絕不會是這種怎麼看都覺得囂張而已的小丫頭！」

「我對那些兀自越傳越誇張的傳言負不起責任耶……」

「想像中的肖像圖，是畫成楚楚可憐的美女啊！」

「把想像中的圖拿來與本人並論，我要說什麼好呢？傷腦筋耶。」

「那張畫很貴的！」

「啊～……該怎麼說好呢，請節哀。」

帳篷裡，再度充斥尷尬的沉默。

士官長重新將胳臂交抱，發出低吟。

「啊，還有這是我的身分證明。」

少女——黎拉像想起來一樣地說完之後，對三人亮出她從懷裡拿出的黃銅工藝品。那是教會發給巡邏高祭官的一種護符（Talisman），沒有比這更能確定其身分的信物了。

「……那麼，黎拉．亞斯普萊大人，妳來這種地方有何貴幹？如果妳是要提供協助，就快快回去吧。」

「唔～」

黎拉一面嚥下烘焙點心，一面又探頭看地圖。

「古靈族在這附近，表示這邊和這邊已經算是森林中了嗎？」

她依序指了擺在地圖上的兵棋。

「是啊，正如妳所說。」

「士官長，不必對她好聲好氣！」

「所以說，長老種是在這一帶，還有這裡嗎……這樣子確實挺麻煩耶。」

黎拉一面搔頭，一面閉上眼睛稍作思索。

「呃～將軍。我有事想拜託你。」

「要借兵的話就省省吧。」

「不，我希望你率全軍一起行動。雪積得很深，行軍或許會有一點辛苦就是了，不過這支兵團——」黎拉挪動地圖上的兵棋說：「——可以像這樣調動吧？」

「鬼扯什麼。」

軍略負責人嗤之以鼻，然後重新看了地圖上面。

「……不，真的太扯了。」

他的臉色變得嚴肅。

「那不就一味地遠離敵人了嗎？就算要撤退到城裡……不，那也免談就是了，妳指示的方向也不對。」

「嗯。」

黎拉點頭。

「我來到這裡以前就有聽到消息，據說這邊……原屬迪歐涅的堰都『諾班特』，戰況不太妙。」

「啊？」

「對方的主力是豚頭族。要對付還不到特別吃力的地步，不過由於敵兵眾多，戰線無論如何都會往旁拉開，防衛的人手就變得不夠了。與其在這裡對付古靈族，你們到那邊也比較好施展身手吧？」

「話是沒錯……不，問題並不在那裡才對。我們不能棄守這裡啊。」

軍略負責人的臉上被滅了些許威風，卻還是越說越激動。

「嗯？你們在這裡還能做什麼嗎？」

「話不是那麼說，我們的任務，就是要將那些古靈族從這塊地方驅逐乾淨……」

「啊，那不用在意。我會設法收拾的。」

黎拉嫌麻煩似的斷言以後，就轉了轉手臂，讓肩膀關節發出聲音。

「哎，有三天時間就能收拾完畢吧。」

†

於是，三天過後。

為了與堰都諾班特的友軍會合而展開行軍的兵團，收到了一項消息。

消息表示，之前單方面持續擴張的古靈族領土，那片妖厲不祥的紫色森林正急遽枯萎。

兵團中一片譁然。

「是黎拉．亞斯普萊。」

有個士兵提到了那名字。

「黎拉．亞斯普萊！正規勇者解決掉怪物了！」

面對過於強大的敵人，原本並無法看見戰事終結的未來。經過漫長艱辛的戰鬥，士兵已經疲憊不堪。目睹眾多友伴被酸液溶化，被古靈族吞噬以後，覺得下一個就會輪到自己而捨棄希望的人也不少。

「──令人生厭。」

將軍一臉像是吃了黃連似的把話吐出來。

「那個丫頭順手就能了結的兒戲，我們賭上性命也還是無法企及。我們挺身戰鬥……不，我們的存在到底算什麼？」

他身居將位，對於勇者是何種存在，好歹也有基本的知識。不，就連進一步的情資都有調查過。根據那些情資，勇者的強大據稱是奠基於說服力。越是背負著戲劇性經歷活過來的人，或者越是抱持著悲傷回憶活過來的人，越有資格成為強大的勇者。

然而，從那個丫頭的情況——從第二十代正規勇者黎拉的情況來看，說服力又如何？失去所愛的家人及故鄉，投身於憤怒與悲傷。而那一切的感情，便將當時年幼的公主推落至征戰的人生中了。

唯有背負傷悲之人才配的力量，唯有熬過痛苦之人才配的力量，唯有從絕望中站起之人才配的力量，將憤怒化為糧食的力量，唯有超越憎恨之人才扛得起的力量——將那些林林總總的玩意全塞進那小小的身軀，藉此塑造出來的，就是號稱正規勇者，由讚光教會高舉在手的一把武器。

「——果真，令人生厭。」

將軍確認過周圍沒有別人，才從懷裡掏出荷包。他從裡面取出摺得小小的紙片，然後攤開。紙上畫的是面露微笑讓人感受到母性，有著燃燒般紅髮的美女。

想把那撕爛丟掉。

猶豫以後。

又細心折回去收進荷包，塞回懷裡。

「哼。」

接著，簡直像吞不下這口氣似的仰望天空。

這裡沒有下雪。他看見有隻長尾巴的鳥橫越藍天飛了過去。

3. 帝都

名為帝都的這塊地方，有各種事物規模龐大。

理由應該多有所在——它屬於相對近期內開拓的都市，幾乎沒有非保護不可的傳統設施；身兼帝國的核心兼權威象徵，就非得威懾來訪者，讓他們抱持「帝國真猛」的印象回去；替現今都市立下基礎的先帝為人豪邁，是本著「反正統統都蓋得壯觀雄偉就對了」的謎樣思想來分配預算及都市區塊。

總之因為如此，位於帝都第一街區正中央的那座祭殿，便蓋得格外雄偉，格外豪華。有陽光從高到不行的天花板透過大量彩繪玻璃照耀而下。大理石祭殿炫目耀眼，刻於壁面的神話情景則輪廓分明。

若將這番絕景當成觀光名勝經營，想必會是熱門生意，但它已被指定為俗人禁入的聖域。能走進當中或觀賞其景致的，只有位階相當的聖職者、被認定為聖人的勇者……正規勇者黎拉、還有以她為準而獲得認可的準勇者（Quasi Brave）。

「您回來得太好了。」

紫色法袍搭配紅飾帶，光看服裝便覺地位顯赫的祭官們，都露出滿面笑容出迎。

「我們已經聽聞戰果了。您這次的活躍，同樣對得起勇者之名與榮譽。」

其笑容背後別無用心。沒有虛假，更沒有陰謀氣息。黎拉早就看慣人類這種生物，她對那一類的心思都大致看透了。換句話說，他們是發自內心，為正規勇者成功屢行拯救人類的使命感到欣喜。

——唉。

黎拉心情煩悶地再度確認自身的想法。

——果然，我討厭這裡。

這裡的人們並沒有所謂的迷惘。他們對自己的思考、感受到的認知、所做的一切，都篤定是「正確的」。因此他們不會懷疑自己，對自身的行為也不會帶有躊躇。那是非常幸福的事，能實現那樣的幸福，或許以宗教信仰來說倒是有意義的。

已經在自己心中確立何謂正道的人，會認為不可能有其他結論比自身想法更加正確，而變得聽不進別人所說的話。他們會開始單方面地把觀念加諸於他人，不用多久便習以為常。就連與人交流是怎麼一回事都忘掉了。

「嗯？勇者黎拉，您怎麼了嗎？」

「沒事～」

黎拉轉到其他方向，偷偷地吐了舌。

「……啊，這麼說來，諾班特那邊的戰況，結果怎麼樣了？我有讓遇到的兵團過去支援就是了。」

「昨晚的定時念訊提到，單就現況而言相當吃緊。已經有第三座城寨遭攻陷，士兵的疲憊似乎也接近極限了。雖然尚未確認，但是可能有惡魔混在進攻方當中。」

喂，慢著。

「……那樣的話，我也過去和援軍會合不是比較好嗎？」

黎拉努力克制差點從嗓音透露出來的焦躁。

「不必。瑟尼歐里斯是在對付個體時才能發揮絕大威力的聖劍，在對付群體的戰場上無法施展其長處。」

「不是那樣啦。和那種沉重的玩意兒無關，就算徒手空拳也好，由我過去不就能稍微抑制損害了嗎？我講的是這個意思。」

「萬萬不必。斬除大量古靈族詛咒的瑟尼歐里斯需要調整，而您同樣得為不久後就要到來的艱鉅使命進行準備。星神艾陸可・霍可斯登即將被正式認定其敵性。屆時要為討伐隊掌旗的，除您以外絕無他人。」

唔哇，真想揍這傢伙。

黎拉在笑容背後偷偷地握緊拳頭。

「何況，援軍早就出發了。帶著聖劍布爾加托里歐的準勇者奧格朗・T・榮提斯已經在上週自帝都啟程。」

「————啊～……」

她帶著微妙的心情鬆開拳頭。

擔任勇者之人，一次只會認定一名。有如此的規矩。

不過，無比接近勇者資格之人，於任何時代都有相當程度的人數存在。對於並未獲得正規認定，卻具備以勇者為準的資格與力量的那些人，教會並沒有放任不管。而是賦予他們「準勇者」稱號，同樣將其視為聖人來對待。

目前，以準勇者身分被派赴各地的只有三十人左右。黎拉不清楚詳細人數，見過面的也頂多只有其中十人左右。

奧格朗就是其中一人。

「那傢伙嗎……」

「您有所不安？」

「不。在軍團戰鬥方面，我想沒有人比他更適任就是了……」

聖劍布爾加托里歐絕非位階高的聖劍。魔力激發的上限並沒有多高，也不適合用於對付龍或長老種古靈族等怪物的戰鬥上。

可是，其顯現的異稟（Talent）只要慎選使用場面，便極為強大。

在能俯望整座戰場之處，將肉眼可視的「敵人」指定為「罪人」。接著，只要布爾加托里歐的使用者仍待在戰場上催發魔力，被視為罪人的目標就逃不過布爾加托里歐的劍身。光是將劍揮個不停，就能不斷砍在起初指定的敵人身上。於敵我交錯的大規模亂戰中，也沒有比這更為可靠的聖劍。

除此之外，還要加上準勇者奧格朗的性格。廉潔爽快且開朗，由衷感到為袒護弱者而戰就是活著的價值，一看就覺得是個不負「勇者」頭銜的男人。這表示完全不用擔心他在戰場的氣力飽足程度。只要背後有人該保護，就無法想像他會屈膝。

「您放心了對吧？那麼，請您也要盡到自己的職責。」

祭官用和氣的笑容，把那個話題打住了。

「休養身體，為下一場戰鬥做準備。那就是您現在該奮鬥的事。」

「……是是是。」

黎拉自己也不想跟對方長談。她輕輕地甩了甩手，然後轉身背向祭官。

「您要去哪裡？」

「上街。」

「所以您不回光室嗎？」

雖然得視規模而定，不過讚光教會的設施幾乎都備有供聖人居留的房間。至於這裡，帝都的第一祭殿，則是被安排給正規勇者當主要據點的地方，因此分配出來的房間可就既寬廣又所費不貲了。

對祭官來說，那些房間總是空著應該也不好。那方面的內情黎拉並非不明白就是了。

「……遲早會啦。」

即使如此，黎拉還是沒辦法喜歡那個房間。

東奔西走於大陸上的戰場，生活有如無根之草。光是有塊穩定的下榻處就該感激才對的。可是……

大理石的白與呢絨的紅。裝點起來簡直絢爛到令人嘆為觀止的那塊空間，黎拉不太想當成自己該回去的歸宿。

†

黎拉離開神殿。

「嗯～！解放感！」

她用全力伸了個懶腰。

基於區隔俗世與神域的名目，神殿是蓋在梅爾格勒大河中央的人工沙洲上。要出入就得從三道搭建的大橋之一越過。

這些橋也不太令人有好感耶。黎拉一邊踏著描繪出優美幾何圖案的地磚，一邊心想。活脫脫就是濫用經費，可以感覺到土財主的低劣品味。蓋成樸素可愛一點，有平民風味的橋也行吧。

算了。她自認並沒有不識相到對別人的品味說三道四。尤其是剛完成麻煩的使命回到城裡，那就更不用說了。器量要大嘛。

「要去吃什麼好呢～」

黎拉想起幾間還不到熟識，但偶爾會利用的店。

那些地方，都不能放膽稱讚手藝好。不過，黎拉有幾個熟人是那些店的老主顧。差不多趁這個時候去，運氣好的話，或許就能逮到人。

正規勇者一出手，便是驚天動地。凡人幫不上忙，應該說，只會礙手礙腳。所以孤軍作戰的情況就多。

對獨處這件事，勢必就習慣了。

不過，至少像現在這種離開戰場的時候，仍會想和認識的人見面。

想好好地跟人講話，而非自言自語。

還有，可以的話，希望對象會是那傢伙——

「嗨。」

黎拉被人從背後拍了肩膀。

心臟差點由口裡蹦出來。

「……威廉。」

她靠著鐵打的自制心與演技，克制住驚訝。

然後擺著平時那張臉，裝出平時的語氣回頭看去。

「你啊，有時候會用很噁心的方式冒出來耶。」

「為什麼我打個招呼就非得被說成那樣？」

有個少年站在那裡。

個子不特別高，也不特別矮。

頭髮與眼睛都黑漆漆的，沒什麼有趣之處。

長相並不醜，卻也不算端正出眾。隔著衣服看不出肌肉，反過來說也沒有瘦得皮包骨。

要提到多少讓人有印象的部分，大概就只有那看似玩世不恭的囂張眼神與目光。不過以這個年紀的男生來說，有那些特質倒也稀鬆平常。總歸一句，就是在任何城裡，感覺都多到可以論斤賣的那種少年。

「我剛結束一項使命，報告完就過來啦。」

少年——威廉．克梅修一邊這麼說，一邊指向背後的教會。

「結果那幾個禿子說妳正好也回來了。我就急著追過來了。」

「咦？怎樣，你那麼想看我的臉啊？想念我啊？」

「怎麼可能。」

被斷然否定了。有點受傷。

「時間也不早啦，我打算找個地方吃飯。既然這樣，兩個人吃總比一個人吃好吧？哪怕是找妳作伴。」

「哦～」

黎拉瞇起眼睛，巧妙地發出了聽似不悅的聲音，她心想。

「以邀請年輕女生約會的搭訕詞來說，會不會太囂張了一點？」

「將來我邀年輕女生約會時，會多斟酌一下用詞啦。」

「慢著。你把我當什麼啊？」

「我把妳當黎拉。」

黎拉稍微想了一下那句話的意思——

「喂，你什麼意思？」

年輕女生在世上應該多得是。不過，有資格被這個叫威廉・克梅修的人「當黎拉來對待」的女性，找遍全世界，也只有黎拉・亞斯普萊她一個人。

哎，那樣的特殊待遇大概也不算壞吧——

黎拉對於會如此思考的自己，感到有些傻眼。

†

走上一會兒，來到帝都學生街附近。這一帶有許多迎合年輕客層的店，用恰當預算就能吃頓份量實在的飯……除此之外，他們倆的外表到底還只是孩子，不會惹人注目也是挑這裡的理由。

工作告一段落就會餓，這一點放諸正規勇者與準勇者之間皆準。他們倆占據五人座的圓桌，點了肉類菜餚上桌，開始依序把餐點從這頭清到那頭。

用餐之餘，黎拉就順便聊起這次使命是怎麼一回事。

「———啥？」

威廉嚼著切塊的煎肉排，並且瞪大眼睛。

「所以是怎樣？妳這一趟，把包含長老種在內的成群古靈族都砍光光了？就妳一個？花三天時間？」

「是那樣沒錯。」

威廉把嘴裡的東西咕嚕吞進喉嚨，大口喝下杯子的水，無奈地聳了聳肩。

「你那是什麼反應？」

「身為男人，我打從心裡同情那位將軍。」

什麼話嘛，黎拉心想。

「難道不救他比較好嗎？」

「不是那樣啦。我的意思既然要救，就多為他著想一點。」

「狀況又沒有空讓人扯那些。就算我是絕頂的天才，也沒辦法一邊把機會讓給那些礙手礙腳的人表現，一邊解決那麼多古靈族喔？」

「我沒有叫妳做到那種地步啦……」

威廉一邊哼聲，一邊啃起下一塊肉。

威廉．克梅修是黎拉在劍藝方面的師兄。

而且，他算是不成材的師兄。

他們倆拜同一個男子為師，學了同樣的劍。練到極致就能成為舉世無雙，聽來煞有介事的勇者專屬劍術流派。而黎拉輕輕鬆鬆地就登峰造極了，威廉卻再怎麼努力也只能爬到山腰。

那傢伙致命性地欠缺天分啦——師父是這麼說的。

單看用劍的天分嘛。哎，要說威廉在常人之上也無妨。然而，他無論如何就是欠缺「放棄做人的天分」。

只能強到人類的境界。只具備以人類而言並不離譜的力量。無論經過多久，無論怎麼努力，還是只能當人類。

對原本生而為人，活而為人者來說，那是該受到祝福的資質才對。可是師父教他們的劍，卻只有超脫人類者才能澈底運用。光是因為如此，祝福就成了詛咒。原本被當成資質的特質，便淪為天分上的欠缺了。

『那為什麼要教他用劍？』

有一次，黎拉這麼問了師父。

『他本人不死心啊。』

那句嘀咕，就是師父的回答。

哎，總覺得可以理解。那時候，黎拉深深地點了頭。

威廉確實不死心。

哪怕是無理或胡來之舉，他都會一直衝。

無論旁人期望什麼，無論現實有多殘酷。他都不會放掉本身的心願，一路向前衝。

他不會背叛自己的感情。不會迷失於一度感受到的絕望或後悔。只為了自己，還有對自己重要的事物而戰。

——和黎拉．亞斯普萊的生存之道恰恰相反。

「唔～吃得好過癮！我滿足了！」

用餐完畢，來到了街上。

「與其說吃得過癮，妳未免吃太多了吧。店員都有點不敢領教耶。」

「那是因為我正在發育啊～像我這種年紀，有那樣的食慾算普通的啦，普普通通。倒不如說是你食量小而已。」

「妳現在馬上給我向全世界的十四歲和十五歲道歉。」

太陽正西斜。帝都的行人卻絲毫沒有減少。馬車與人潮不停來往交錯。一不留心就會撞上別人背後，不巧的話立刻就會被扒走錢包。就是如此熙熙攘攘。

「唔喔？」

風吹起。

有紙片不曉得從哪裡飛了過來。

黎拉迅速用手抓住差點直撲臉上的那玩意兒。

「好險～真是的，垃圾就要當垃圾處置，乖乖丟進垃圾桶嘛……唔？」

她瞄了一眼，確認紙上寫的內容。

那是快報。活版印刷普及以後便數量爆增，用來向大眾傳播情報的大量印刷品。薄薄的一張紙上，生動有趣地載滿了最近這塊大陸所發生的要聞。

黎拉的目光停到了印在最醒目區塊的標題上。

『哀傷的美姬，再次討伐古靈族大軍！』

感覺似乎是在哪裡聽過的事情。

她輕輕地噗嗤發笑。

「妳在幹麼？」

「啊，欸欸欸你看，這寫得有夠絕耶。」

黎拉揪住威廉的頸根，然後把快報塞給他。

「……跟平常沒兩樣吧。」

「討厭啦，內容不是變得比之前講的還誇張嗎？」

他們把頭湊在一塊，並且逐字看起報導的內容。

上面提到，有數量破萬的昏古靈族，從帝國北方壓境而來。面對古靈族施展的咒術，抵禦的兵團根本不是對手，全被下咒變成青蛙了。

「敵人有破萬嗎？」

威廉看似無聊地問道。

「連一百隻都不到。」

黎拉從容回答。

「那是昏古靈族嗎？」

「雖然有長老混在裡面，但它們是一般種。」

「有人被變成青蛙嗎？」

「它們才沒有可愛到會用那種俏皮的法術啦。」

黎拉繼續往後讀。

造訪該地的，是名聞遐邇的黎拉．亞斯普萊。美姬呼出的憂愁氣息順著風，將兵團受到的詛咒全數淨化，所有被變成青蛙的戰士即刻恢復人類原貌了。

「這個呢？」

「就算是我，也沒那麼厲害。」

接著，她俐落地拔出腰際的聖劍瑟尼歐里斯，舉向天空。

那是傳說中的聖奧義，窮真波動包裂紅合的架勢。

由於威力太過強大而被師父禁用，一旦解放定將轟天裂地，禁招中的禁招——

「啊哈哈哈哈哈哈。」

黎拉捧著肚子，差點笑到摔跤。

她笑得過頭，連眼淚都快要流出來了。

「什麼跟什麼啊，我不曉得有這種拗口的招式耶！還說我們師父會因為『威力太強』就定下禁招，想都無法想像嘛！」

「我說妳喔，這能當成笑話嗎？」

另一邊的威廉則是神情嚴肅。

「瞎掰得越來越誇張了耶。雖然說，為了維持現場的士氣，或許要那樣才方便啦。」

「有什麼關係。既然是為了別人著想，那就是不折不扣的善行。」

「別擺出聖人的嘴臉說夢話，根本不適合妳。」

「你有臉說喔？對我說這種話？」

正規勇者與準勇者，同樣都被讚光教會認定為聖人。

「不用那麼在意吧。又沒有人會因此困擾。」

「這樣下去，在任何地方都找不到真正的妳吧。」

「嗯？」

「通篇都是瞎掰胡扯，不就表示無論妳在哪裡做什麼，都影響不了快報的內容嗎？花了三天時間，細心對付不滿百隻古靈族的黎拉．亞斯普萊，等於完全被人忽略了吧。」

「……哎，也對啦。」

黎拉仍帶著笑容點頭附和。

「不過呢，那碼歸那碼，這碼歸這碼。在這種情況下，我的事情無所謂啦。為了眾人的安寧而奉獻己身，這就是身為勇者的宿願啊。」

「那才不是妳的工作。」

「我說過啦，那也算在勇者的工作之內……」

「即使妳那麼說。」

威廉一臉不悅。儘管聲音絕不算大，態度卻斬釘截鐵。

「那才不是妳的工作吧。」

他如此告訴黎拉。

「……你的口氣很囂張嘛，準勇者。」

黎拉哈哈大笑，不當一回事。

一笑置之的同時——她已經偷偷擦掉了眼角微微泛上的淚珠，以免被人發現。

†

偶爾在帝都多享受一下也好，就這麼定了。

帝國主要是藉著接連吸收與怪物交戰而消耗的周圍諸國，才逐漸變得壯大。而這座帝都就位於核心地帶。人種、語言、文化各異的群眾及物資都混聚於此，甚至有『帝都市場逛一趟就能摸遍大陸全土』的說法。

適合購物與觀光的，則是帝都的第二街區與第四街區。

黎拉揪著威廉的頸根，在橫跨那兩座街區的翼獅(Griffin)街與朱蜥(Zalamander)街來來回回。

「唔哇，這是什麼啊，好誇張！」

在據說是來自北高曼德的商人店裡，黎拉瞪大眼睛。

她試著用指頭捏了捏充滿異國情趣的服飾的——那薄到幾乎可以透過去看到另一邊的

布料。

「哇呀～高曼德的人穿這個啊～他們敢穿啊～這根本遮不住腿嘛，腿會露出來啦。」

「哎，畢竟是在納維爾特里的國家附近。」

「啊～被你一說好像就能理解了耶～」

納維爾特里．提戈扎可是他們倆都認識的準勇者。他是出身自西高曼德的男子，對女人風流成性。黎拉每次看見納維爾特里露面，他大多都在追女人，要不然就是被女人追，以比例來說前者較高。

透過他的形象來談整塊高德曼地方，感覺就非常失禮，似乎會構成輕微的國際問題，不過那暫且擱到一邊。

「唔～我穿的話，在身材上好像有點吃緊……」

輕飄飄的絹布被掀起。用來展示服飾的石膏像，頓時露出誘人白皙的腿部曲線。

黎拉回頭。

「這部分你怎麼想？」

「沒什麼關係吧，稍微打破尺度也算特色啊。」

威廉用絲毫看不出心慌的臉，給了她如此的答覆。

「……威廉，你還滿配合的嘛？」

「嗯？」

「還以為你會臉紅或轉開目光罵『不檢點～』，我本來在期待那種反應就是了。」

威廉嘆了一口氣。

「你把我當什麼啊？」

「不習慣跟女生相處的純情純樸少年。」

「前半句不太好否定，後半句就別鬧了。」

他埋怨似的回嘴。

「要說的話妳才是吧。都不用在意羞恥心的嗎？就生物學而言妳也算女的吧。」

「雖然我在官方文件上也是不折不扣的女生，不過有什麼關係嘛，才露這麼一些。這是為了將來有一天要勾引好男人做準備啊，及早準備。」

「被這一套釣到的男人妳會想要喔？」

「那就要等時候到了才曉得嘍。為了豐富的未來，你不覺得事先替各種可能性做準備是很重要的嗎？」

威廉有些不快似的變了臉色。

是嗎是嗎。你光想像黎拉．亞斯普萊在將來裸露肌膚給某個男人看，就覺得心情不好了嗎？嘩哈哈哈哈，那還真是令人心情舒暢。

「我問妳喔。」

「嗯。」

「侵襲迪歐涅的昏古靈族已經收拾掉了吧。」

話題突然轉換，黎拉卻不驚訝。這個麻煩的師兄並不是第一次談到這類事情。

原本屬於迪歐涅騎士國領地的土地，在占據那裡的怪物被討伐以後，就成了帝國的領土。雖然與帝都多少隔了段距離，但還不到天涯海角的地步。

「妳就沒有想過，差不多該回去了嗎？」

「去年我有回去探視啊。城堡附近雜草叢生，狀況可淒涼了。」

「我不是那個意思。妳也明白吧。」

黎拉明白。

威廉．克梅修說的是這麼回事：回到那塊地方，復興城鎮，召回領民。然後，收復生育黎拉．亞斯普萊的國家。

脫離這種征戰的生活，擱下佩劍，取回身為公主的幸福人生。

——聽起來似乎強人所難。不過，要是黎拉打從心裡盼望，恐怕有可能辦到才對。不要求完全回歸原貌，還是可以收復迪歐涅騎士國的部分失地才對。

「唔～……」

黎拉在口袋裡，將剛才那張快報揉成一團。

快報中，用了頗有詩意的詞句來敘述——黎拉·亞斯普萊是為了故鄉而戰。為了搶回過去所愛的國土、領民、繁榮還有被奪的一切而揮劍。無盡的傷悲蘊含在她的雙眼。

「我想，我沒有那種心情耶。」

她閉上眼睛，直接回答了如此坦然的想法。

「何況，我似乎在隨波逐流的過程中就報完仇了。你想嘛，帝國現在已經把那裡當成領土，開始在建造新的城鎮了。而且，目前與豚頭族交戰的最前線正忙得不可開交啊。」

黎拉使勁搔頭。

「要說到我是不是不惜那樣也想回去當公主，那倒沒有耶～」

「什麼嘛，真是薄情。」

「或許是喔～」

薄情。哎，說不定那是非常精確的形容。

畢竟現在的黎拉．亞斯普萊，對自己的感情並沒有自信。憤怒、憎恨、悲傷、焦慮還有各種不同的情緒，她都沒有把握是否真的源於自己的內心。

自己身為人，肯定欠缺了重要的東西。

「就是因為薄情，我對過去的往事已經沒興趣啦。」

黎拉哈哈大笑，說出這些話。

有所欠缺，就能對自己的事情一笑置之。

她想改變話題。

「喔。這邊這件衣服，感覺不錯嘛！原來也有布料紮實的貨色啊。」

黎拉靈活地穿過衣服與衣服之間。

「這件也不錯耶。由我來穿似乎不會出差錯，也可以出入正式一點的場合——啊。」

她想到。

「哎呀，這麼說來，我有被邀請參加皇帝陛下的越冬派對。差不多該考慮禮服的事情才可以嘍，我全忘記了。」

「那要找皇室御用的裁縫吧。隨口拜託一下怎樣？」

「我去年就那樣做啦，後來消息在那些貴族千金之間洩漏出去，導致同一種款式的衣服大為流行。好像是因為可以和正規勇者大人穿一模一樣的禮服才流行開來的。」

「幻想真恐怖。」

「——欸，你怎麼講得像事不關己，你也有受邀才對吧？」

威廉輕輕地聳肩。

「我拒絕掉了。我本來就決定越冬祭晚上要跟家人一起過。」

他說得若無其事。

「家人是指愛爾他們那裡嗎？你要回到寇馬各？」

威廉的老家……他小時候過活的養育院蓋在帝國城郊，交通不太方便的城鎮上。光從帝都這裡往返，應該就會花上好些時間。

「我有請一段連假。多虧如此，從明天起我似乎暫時要每天為使命奔波了。」

「……嗯。」

在怪物們侵略加劇的世道下，讓威廉這般的準勇者遠離帝都，對讚光教會來說應該是希望避免的一步棋。既然硬是准假了，被當成交換條件推給這個少年的使命數量，理應會相當可觀。

「要是妳嫌派對麻煩，乾脆一起來吧？」

被威廉自然地這麼問到，黎拉不禁「咦？」地反問。

「連我一起？」

「連妳一起。我想愛爾還有家裡的小不點都會高興就是了。」

「啊～……」

黎拉搔起臉頰。

這男的胡扯什麼啊？她心想。

除了準勇者威廉．克梅修以外，連正規勇者黎拉．亞斯普萊都一塊兒離開帝都。該怎麼說呢？這似乎不是讚光教會焦急過以後就能平息的事情。成真的話，大概有幾個祭官的腦袋都要飛了。

八成不是玩笑話吧，她心想。

這傢伙真的想邀她和家人共享天倫之樂。

惡質的是，這個男的十分理解自己說的話有多嚴重。帝國變得人手薄弱有何含意；讚光教會應當會有的反應；要任性地將其扳回有多困難。他對那些全都了然於心，才用那麼輕鬆的語氣向她提議。

「罷了。」

黎拉做出答覆。

「如今我也當不回公主啦。偶爾參加個豪華派對，過過乾癮也好。」

點頭很容易。

可是考慮到威廉為此應要扛起的重擔，黎拉實在無心去接受那樣的美意。

「是喔。」

把臉轉過去的威廉臉上，看似有一絲絲失落——雖然說，這大概是黎拉心中所願讓她看見的錯覺一類吧。

黎拉回想。她第一次在那片冬季森林中，見到威廉時的模樣。

看當時還小的威廉用那副矬樣鍛練，黎拉感到不耐。甚至火冒三丈。儘管她曉得那是自己失言，卻還是忍不住吐露真心話。

那時候，黎拉沒有察覺到其中理由。

換成現在，她推測得出來。

當時的威廉一心一意想要變強。他希望變得強大。他有求取強大的理由。就算絆倒了，就算跌了跤，心裡仍有無論幾次都能站起來的燃料。甚至連只是碰巧偷看他鍛鍊的黎拉，也看得出來是那樣。

黎拉想了一想。這是自己也能辦到的事嗎？

她如果有意模仿那套鍛鍊方式，輕易就可以辦到。如果她希望變強，肯定也能輕易如願。所以她搞不懂了。

她自己，黎拉・亞斯普萊也能像那樣，在失敗中持續挑戰嗎？她有辦法懷著那樣的堅強，去追求些什麼嗎？

她能擁有一再絆倒、摔跤、倒在地上獻醜，卻依然站得起來的理由嗎？

辦不到，黎拉心想。

國家付之一炬，喪失家人，當時始終順著旁人指示，在心中鼓起悲傷及憎恨情緒的她，直到那一刻才初次發現，自己是副空殼子。

她惱火。羨慕與嫉妒在胸中油然而生。

那陣活生生的情緒波濤，實在不是當年幼小的少女能夠駕馭住的。所以──

『好遜喔。』

其結果，就是那麼一句話。

還有，從當時持續至今的，與師兄威廉之間的微妙關係。

4. 那肯定是愛的故事

讚光教會既不姑息，也無慈悲心腸。

膽敢在重大時期要求休長假的無良準勇者威廉．克梅修，被指派了為數驚人的使命當代價。

「你們就沒有人心嗎！」

威廉一邊發出如此的哀號，一邊衝出帝都。今日往東，明日往西。由戰地到戰地，然後再換下一塊戰地。

正常來想，那是胡來。要用正常方式完成那些使命，應該會大幅拖過最要緊的越冬祭之夜。

不過，即使如此……唉。

那個笨師兄大概還是能設法解決吧——黎拉茫然地心想。在故鄉和家人度過特別的日子，就為了那麼點心願，他大概會拚全力克服任何苦境。

†

哎，為師兄操心肯定也沒用，他的事在這個節骨眼無關緊要。

當下的問題，在於瑟尼歐里斯。

斬遍滿身詛咒的古靈族回來以後，據說聖劍瑟尼歐里斯的咒力線出現了些許失調。

當然，聖劍並沒有脆弱到會因為這樣就性能下滑或無法啟動——可是，也不能安於其牢靠就把問題放著不管。何況，瑟尼歐里斯在極位古聖劍當中仍屬最正派的劍。它與必定會奪走比期望中更多性命的莫爾能，以及幾乎會名符其實地吞噬掉用劍者的傑梅費奧爾不同，是人類最後的守護者兼王牌中的王牌。為防萬一，必須時時都保持在最妥善的狀態。

因為如此，瑟尼歐里斯就被送回工坊進行澈底調整了。

黎拉從門縫窺探工坊之中。

沒有半扇窗戶的寬闊房間裡，滿滿都是以溶了鋼粉的油所繪的複雜圖樣。在圖樣上面，毫無物體支撐的半空中，有幾十塊眼熟的金屬片像被黏在那裡一樣地飄浮著。

近二十名的機工咒士，正嘀嘀咕咕地一邊低喃某種詞句，一邊忙著改換護符的配置。每次改換，就會看見淡淡的光線短瞬發亮，好似要將金屬片串聯在一起。

看起來像詭異的儀式。

倒不如說，那根本就是詭異儀式。

「要調整劍，沒辦法全力在一個晚上就弄好嗎？」

黎拉也找了認識的機工咒士問過這樣的問題。

「不行啦，請妳別為難我們。」

蓄有漂亮鬍鬚的壯年機工咒士一臉認真地將額上汗水擦去。

「聖劍是組合得多麼精密的藝術品，妳也明白吧？」

當然了，黎拉相當明白。聖劍是聚集數達幾十塊的繁雜護符，再以咒力線彼此綁定，引發複雜古怪的相互干涉並使其穩定，然後才凝縮為武器形體的成品。那種奇蹟性平衡自然只能成立於神乎其技的精確結構之上。護符的配置，咒力線的排列，即使只是某個環節出了點差錯，其力量就會大打折扣……或者完全喪失。

儘管黎拉既有知識也能想像要製造或調整那種玩意兒，會是多麼困難的工作……

「威廉不就辦得到嗎？像他那樣一下子把劍分解，鏗鏗鏘鏘地調整過以後，又立刻恢復原狀。」

「那個嘛，只能說因為他是怪胎。」

啊，果真如此嗎？黎拉是有那種感覺。

「那不是人類該用的把戲。」

黎拉也那麼認為。

「更何況，那只能當成應急處理。既沒辦法照料到細微的損傷，對真正損壞的聖劍也應付不來。」

從鬍鬚後頭斷斷續續地冒出了疑似牢騷的意見。

「還有，那套手法當然也無法把現成護符聚集組合成新的聖劍。臨陣時或許方便，不過由我們來看，他那一招半式反而會替聖劍添加不必要的毛病，算是給人惹麻煩的雜耍特技啦。」

「嗯～」

機工咒士的言詞固然辛辣，眼神卻莫名溫和。

聽說威廉學那套「雜耍特技」時，也在這座工坊花了相當長的時間修行。他的性子就是為了自身目的，就能毫無止盡地將身邊的人拖下水，因此應該也受了這裡的機工咒士許多照顧。然後那傢伙把能學的招式都學過，能偷的功夫都偷到以後，卻沒有成為機工咒士就衝上戰場了。說起來，大概算不肖的愛徒吧。

對方認同威廉的優秀，也有近似關愛的感情，卻無法坦然予以稱讚，狀況應該就是這樣。受不了，每個傢伙都一樣硬脾氣。

「所以說，你覺得還要花多久？」

黎拉再次窺探工坊，並且問道。

「最少十天左右。」

對方如此給了答覆。

瑟尼歐里斯不在手邊這一點並非大問題。它原本就不是多有機會亮相的劍。假如非得要瑟尼歐里斯才能對付的敵人經常出現，人類應該早就滅亡了。

問題在於調整的這段期間，並沒有什麼得由正規勇者遠征的使命。

「……傷腦筋。」

黎拉沒什麼值得一提的興趣。就算忽然獲得自由時間，也想不到要用在哪裡。

她又獨自到了翼獅街逛逛。

相較於跟威廉一起逛那次，有許多店都開著。店面擺了更多的商品。一開始，遊賞那些還算有意思……不過，黎拉很快就膩了。可愛的小玩意兒，奇特的服飾，還有顏色繽紛的壁飾本身，都感覺不到多大魅力了。

身為正規勇者，黎拉已經習慣孤身奮戰。可是，她不習慣一個人在卸下頭銜的狀態閒晃。沒有對象秀演技，她連**故作**開心都辦不到。

「——唉。」

黎拉在道路一隅的行道樹底下停步，然後朝天空拋出嘆息。

「連我都覺得自己真是個無趣的女人……」

要數天上飄過的雲做統計嗎？還是來數鋪設在帝都道路上的石版，跟公家機關登記的數量做比較呢？黎拉的腦海裡，冒出了幾種她有自信斷言根本無意義的消磨方案。

此時此刻，自己認識的人都在哪裡做什麼呢？

在戰場上嗎？在家庭裡嗎？

正和夥伴攜手合作嗎？正和家人彼此微笑嗎？正和情人彼此凝望嗎？

哈啾！

無意識間冒出來的特大號噴嚏，將黎拉的意識拉回現實。

「……好冷。」

就算人在帝都中，或許還是太鬆懈了。似乎該多加一件衣服再出門才對。

†

傍晚。學生街附近的簡餐店。

「從明天起，我暫時又要鑽進地下迷宮(Maze)嘍。」

凱亞．高特蘭如此說完，便大口喝下杯中物。

她是個年約三十，略顯高大的女子。整體來說身材修長，然而隔著衣服也能看出她鍛鍊過的隆隆肌肉。

「咦……可是，妳昨天才剛出來的吧？」

黎拉停下用銅杯喝果汁的手，然後問道。

凱亞是冒險者。而所謂的冒險者，就是代為處理市井中的危險——意同「冒險」——的一群人。比方說，解決規模用不著派遣正規勇者或準勇者的怪物災情就適用於此。

不過，對冒險者而言，這難以說是穩定的收入來源。怪物災情並非隨時俯拾即是，怪物的強度與每個冒險者實力相應的機率也絕不算高。還有，一旦解決當然就沒戲唱了。報酬同等的怪物會再次出現在那裡的便宜巧合，並沒有那麼容易發生。

這時候就要提到眾多冒險者的第二飯碗，地下迷宮。通往地底且來歷不明的這座寬廣建造物群，滿是危險怪物與稀有財寶。而且隨階層往下，其量與質都會同時變高……然而。

「像妳那樣連續闖迷宮好嗎？要去最深層對不對？聽說那裡充滿了相當惡質的詛咒耶。」

一到最深層，有害的詛咒就會大量孳生並且盤踞。光是逗留就會讓人類的身體慢慢受到侵蝕，然後逐漸凋朽。

要防範這些，得先準備能去除詛咒九成影響的護符。此外不長期逗留，勤於回地表休息，讓詛咒從身體散去也是重點……原本應該是如此。

「我想只好多買防壁系護符再過去了。價錢滿貴的，之後又會感到身體倦怠，我也不太希望這樣就是了。」

「但妳還是要去嗎？」

「有點事要忙，我不得不趕緊掙錢啊。這下沒空閒照著理論穿插休息時間嘍。」

「有事要忙……我覺得健康也要重視比較好耶。」

「在我住的城鎮附近，有牙兔（Sharp Rabbit）築巢了。」

唔哇——黎拉不小心發出了不太端莊的驚嘆聲。

牙兔是下級怪物的一種。是鬥牙荒謬到連鐵鎧甲都能撕裂的危險小動物。在冒險者的等級分類中，應屬於十一級左右。評估起來，只要找幾個熟練度平均的冒險者，就能不出差錯地根除才對。

然而，牙兔的真正威脅，根本不在那些表面上的戰力。

「那些傢伙不剷除乾淨，立刻會重新繁殖，巢裡又有好幾個出口讓牠們神出鬼沒，所以得趕快僱用冒險者處理才行。」

「……凱亞小姐自己去的話呢？」

「假如是只有一頭大怪物的狀況，我就那樣做了。單槍匹馬獵兔實在不可能。最少也要有二十個還算強的冒險者，而且不抱著花一個月以上的長期戰心理召集人手也莫可奈何。」

做到那種地步難免就要花錢嘍……凱亞說完，就用拇指和食指比了圈圈給黎拉看。

打倒一隻很容易。即使有十隻也難不到哪裡去。然而，要剷除一百多隻會不停增加並到處竄逃的牙兔，就非得投注人力與時間了。

某方面來說，比對付成群古靈族還棘手。至少對上古靈族，只要用壓倒性戰力硬碰硬就能將其驅除。明明有那種輕鬆單純的解法。

「在全體人類感覺正畏懼怪物威脅的時期，我為了一座城鎮就窩到地下，對你們有點過意不去就是了。」

凱亞的等級為三十九。所謂等級就是在評定冒險者時，將個人戰鬥熟練度粗略換算出來的數字。以基準而言，普通民眾在二到三，受過訓練的士兵約為十，常識內的人類極限被認為在三十左右。

換句話說，凱亞屬於對戰鬥已經熟練到有點超出常識的專家，這是由公會認定的。

「……會講那種話的人，多不多啊？」

「感覺最近多了些。」凱亞無力地笑。「只要妳上前線大發神威，有些人應該就不必死了……似乎也有這樣針對我的聲音。」

「不對不對不對吧？」

唉，大概也是，黎拉如此心想。

世上有各式各樣的人。當中，也會有不歸咎他人就無法清算自身悲劇的分子存在。而且在大多數的情況下，越有那種傾向的人聲音越大，越會擺著活像民眾代表的嘴臉指責首當其衝的某個人。

「那講不通啦。基本上，我們所用的護符，有很多都是靠凱亞小姐你們從地下帶回來的**灰色物質**做出來的啊。看吧，你們對前線也有貢獻喔。」

所謂詛咒，本來是指足以影響現實的強烈「篤定」。好比一直被人數落「你很笨」的小孩真的會養成笨孩子，或者一直被稱讚美麗的女兒會實際地增加姿色。條件齊全的篤定，有時候就會導致現實狀態變樣。

然而在地下迷宮深層打轉的詛咒，是自然產生的。並不具詛咒原本應有的「改變目標」。所以長期被位於地下迷宮底部的詛咒纏繞之物，只會失去「原有的狀態」，化成「什麼都不是的莫名之物」而盤踞，據說是如此。

要說的話，那就像髒汙被漂白過的純白畫布。在什麼都不是的莫名之物上面，可以輕易地添寫內容上去。其特質在製造「護符」這種人類用於操控詛咒的媒介時非常方便——因此這些忘卻之物，通稱**灰色物質**，在地表有人會高價收購。

「能聽見站在人類最前線的妳那麼說，我有覺得欣慰點就是了。」

凱亞帶著摻雜酒氣的泛紅臉色，無力地露出笑容。

她似乎很累呢，黎拉有這樣的感覺。

像凱亞這種以探索地下為主要活動的冒險者，要介意他人風評的機會本來就不多。所以說，即使是稍微刺耳但不至於放在心上的雜訊，也會變得怎麼樣都無法聽聽就了事吧。

……儘管黎拉不認為那是壞事，也不想那樣認為。

「那座城鎮……」黎拉想問個壞心眼的問題。「無論如何都要由凱亞小姐來保護才行嗎？」

「唔～？」

「城裡居民也能自己挺身而戰或用自己的錢僱人手吧？如果他們辦不到，呃……這樣說並不中聽，但是在這種年頭，就算度過了牙兔那一關，感覺他們還是撐不久耶。」

「對呀，我完全有同感。」

「那麼——」

「可是呢，那到底是我的家園所在啊。」

凱亞語帶感慨，像在說給自己聽一般那麼說。

「那是我老公的故鄉，我孩子的故鄉，哎，對我來說也是有滿多回憶的地方。總不能棄之不顧吧。」

對方八成會那樣回答吧，黎拉想過。

聽見了預料中的答覆，她覺得有一點落寞。

「黎拉妳也一樣吧，威廉小弟的故鄉，是不是叫寇馬各市來著？假如那裡有危險，妳不會棄之不顧吧？」

「啊哈哈。凱亞小姐，這話有意思耶。」

「嗯，我猜錯了？」

「錯錯錯，歪到幾乎偏了一整圈又繞回來。」

「哎呀，那真可惜。」

兩人同時露出相似的做作笑容，並且舉杯暢飲。

五分鐘後。

「我受夠了，我要跟他分手！」

「砰」的一聲，艾米莎．霍鐸瀏用手掌使勁拍了桌子。

杯盤有一瞬浮到空中。店裡的目光瞬間聚集而來。

「反正這回，我真的跟他無話可說了！」

艾米莎同樣也是冒險者，不過她與一般冒險者的風貌截然不同。外表上，她看起來就像個教養還不錯且年約二十左右的千金小姐——然而，其骨子裡卻完完全全地屬於專門挑強大怪物討伐的狩獵派。

「又來啦，這次妳打算在幾天內回心轉意？」

凱亞無趣似的問了以後……

「這次我說真的就是真的！哎喲，反正不管怎樣我都不會原諒他了！」

艾米莎就扯開嗓門，然後一口氣灌起整瓶果實酒。

「……呃。」

「啊，抱歉。不熟的人碰到她這樣，難免會困惑吧。」

先前突然走進店裡的艾米莎，直直地來到了她們這桌，還在黎拉旁邊一屁股坐下，然後便點了整瓶的酒而非餐點。而且別說她沒喝醉，連瓶子都還沒拔栓，剛才那些話就先吼了出來。

事發突然讓黎拉說不出話，凱亞幫忙添酒到她的杯子裡。光看一眼，就覺得似乎是有點烈的蒸餾酒。

「相當於例行公事啦。因為她的男朋友長相跟性格都滿不錯。放著不管就會有女生陸續湊過來喔。」

「是喔……」

以前黎拉就略有所聞。艾米莎原本是地方資產家之後，卻具備魔力過多的特異體質，據說她小時候誇張到只要情緒一激動，就會將視線範圍內的東西全部炸飛。理所當然地，艾米莎因而被丟進昏暗無光的忘卻之牢（Oubliette），讓人封閉了視野。她在什麼都看不見，也什麼都摸不著的情況下，從童蒙時期活到了青春期。

把艾米莎從那裡帶出來的人，據說是為了完全無關的事情才來到附近的冒險者青年。

當時青年的等級是九。這代表他小有身手，卻僅限於小有身手的境界，聯盟組織收集到的怪物討伐任務幾乎都會因為「太過危險」而不敢交給這種能耐的人包辦。那樣的他，發現了牢中有個連身影都看不見的少女，便關心她，伴著她，進而牽著她的手，把人從黑暗中帶了出來。

當然，原本的問題並沒有就此解決。在那之後，直到艾米莎能駕馭自身能力為止，恐怕仍經歷過超乎想像的苦難與努力才對。不過，他們倆攜手克服了那道考驗給大家看。而且他們在互許將來之後，還一塊走上了冒險者之路……然而……

「因為他們倆等級落差太大嘛。男方現在十七，艾米莎六十一。」

十七這個數字絕不算低，反而還比標準的冒險者高了許多。討伐高等怪物的任務接得到，想鑽地下迷宮也可以順利獲准探索到第五層為止。考慮到他幾年前還只有九，這樣的上昇率甚至可以說是突飛猛進。

然而，艾米莎是六十一級——這個數字在目前公會登記的所有冒險者中排名第二，所顯示的是「可以隻身對抗軍隊」的事實。連比較都會覺得愚蠢的差距，就存在於那裡。

艾米莎接的工作不能帶男朋友去。一秒鐘就會出人命。

話雖如此，艾米莎也無法跟去幫忙男朋友接的工作。她對於一邊留意周圍受到的損害，一邊施展力量這種事並不擅長——那將導致每次要討伐十七級適合對付的「高等怪物」，就會讓周圍地形整個改變的慘狀。

兩個人不能接同一項差事。得分別去不同的地方，各忙各的事。既然如此……

「他又救了不認識的女人！還被那個女的用熱情眼神盯著看！」

這種狀況自然就會變多。

「那也沒什麼不好嘛。」

黎拉很能理解凱亞態度從容的理由。

她一面露出苦笑……或者該說是含有傻眼味道的笑容，一面開口。

「假如連那種事情都要一一在意，不就非得把男方跟全人類的半數隔離了嗎？」

「我寧願那樣！」

艾米莎大叫，凱亞則樂孜孜地笑。

「何況對方似乎還是個大美女！」

「都戴了嫉妒的有色眼鏡，就算妳一口咬定也沒說服力嘛……」

黎拉從盤子裡拿了條炸河魚送進嘴裡。好吃。

「話雖如此，關於這一對的事情，我想倒不用擔心。」

為了避免當事人聽見，凱亞低聲朝黎拉耳語。

「妳想嘛，這個女孩子以前一直都獨自待在幽暗的地方，所以跟剛出生的嬰兒有類似之處。有旺盛的撒嬌心理，對自己最愛的大哥哥也有旺盛的獨占心理。所以嘍，光是保護者不在身邊，就會不安得一點辦法都沒有。」

由於沒有度過健全的孩童時期，到了長成大人的現在，才想取回那段時光。哎，大概就那麼回事。

「……原來如此，我明白了。」

黎拉一邊咀嚼，一邊點頭。

「妳對艾米莎會不會有親近感？」

「嗯？什麼親近感？」

被凱亞帶著壞心眼的臉色這麼問，黎拉就先裝蒜了。

在此順便提一件完全無關的事，考慮到即使有人不是冒險者，也會遇上和公會合力作戰的情況，要將外人的戰鬥能力測定估算成等級數字是可行的。而以前黎拉測出的數字是七十七。超出常識後仍然天外有天的數字，無人能及的實力讓眾人大為吃驚。而接著威廉測出的數字是六十九，令在場所有人都無話可說。

總之，黎拉對艾米莎並沒有什麼特別的親近感。她只是覺得艾米莎似乎滿辛苦。

又過了五分鐘後。

「——那麼，在旁邊一臉好像跟自己沒關係的黎拉。妳才讓人好奇呢，最近跟威廉處得怎麼樣了？」

眼睛發直的艾米莎突然講出了這種話。

「哦，好耶。我也想知道。」

心情大好的凱亞立刻跟上那個話題。於是……

「要問這個，我也沒有任何打算耶。」

黎拉就淡然地如此回答了。

「那傢伙是我麻煩的師兄。無論現在或以前，還有將來都一樣。」

「為什麼會那樣嘛～妳並不討厭他吧？」

「不，說起來我覺得要算在討厭的那一邊。」

「為什麼會那樣嘛～旁人看了都覺得扭扭捏捏地定不下來耶，你們兩個。趕快把他弄到手，做個了斷啦。」

何苦那麼說呢。

「只要妳想做，要憑實力搶到他的心，妳是有自信的吧？」

「哎，那我倒不至於說沒有。」

外界對黎拉．亞斯普萊容貌的描述可以當成幻想出的產物，就先不談了。不過，傳言仍是由自己的長相與身材打下底子，黎拉是覺得自己應該還不差。

就算沒有到美得冒泡的地步，長相仍屬端正。雖然說離豐滿差遠了，她認為身材還算凹凸有致。何況自己還在成長期，些許的不足可以靠將來彌補。

還有，這算滿重要的一點就是了，自己這副容貌並沒有被威廉排除在喜好之外，黎拉對此有把握。

雖然說威廉．克梅修的自制心高得離譜，但他到底是青春期的少年。對年齡相近的女生有所想法，也有所感覺。而且，從交談的隻字片語中，黎拉有隱約感覺到威廉以猶疑形式流露出來的那種氣息。只要拋開兩人目前這樣的關係，他肯定就會把黎拉確實地當成一個女生來看待。

對，黎拉有把握。

可是。

「沒問題啦，推倒之後那傢伙就不會抵抗了。」

「哎，要讓他無法抵抗，我也不至於沒有自信就是了。」

以正規勇者該有的本領而言，黎拉對擒拿法也略通一二。能一舉讓全身可動範圍陷入麻痺狀態的絕技，她也懂得幾種。雖說對手是頑強度獲得她個人肯定的威廉，把全套招式用下去應該就能讓他無法動彈了。之後要煎要煮都隨黎拉高興……咦？那似乎有點好玩耶，就試一次看——

不，等等。

黎拉覺得思緒好像走歪了。

「有能力辦到，跟實際下手是兩碼子事吧。要那樣說的話，我現在就得立刻毀滅帝都了啊。」

「該怎麼講呢。」

「哇喔，不只比喻的內容聳動，她大概是認真的耶。」

黎拉好似要整理亂成一團的內心，開始對她們訴說。

「這終究只是比喻啦，假設高山上有美麗的花綻放著。」

「嗯。」

艾米莎點頭。

「假設遠遠看著花隨風搖曳，心裡就出現了『有點動人耶』這樣的想法。」

「嗯。」

「問題在於，我有沒有不惜摘下那朵花，也要把它留在手邊的念頭。」

「嗯？」

艾米莎偏頭。

「……什麼跟什麼啊？哪門子的比喻？」

聽不懂的臉。是那樣嗎？黎拉心想。她自己也覺得沒有比喻得很好。不過沒辦法啊。畢竟，連她自己也無法替這種心情取個妥當的名字。

「哎喲，就算妳想用難懂的說詞打迷糊仗也行不通的啦！偶爾也讓我好好聊一聊自己以外的感情事嘛！怎麼說咧，我想聽酸甜到毫無保留的那種故事！」

呃，妳顯然從一開始就找錯人選了。

「……黎拉，妳今年十四歲對吧？」

凱亞一邊死纏爛打地替黎拉的杯子倒酒，一邊問道。

「咦？啊，是的，沒有錯。」

「然後，威廉小弟是十五歲。」

「哎，沒錯。」

「既然到那把年紀了，有許多方面都會比較纖細吧。嗯，那部分我懂，我在心情上也希望當個明事理的大人。」

「……凱亞小姐。」

黎拉語帶嘆息地問。

「難道說，妳醉得差不多了？」

「啊，穿幫啦？」

咿嘻嘻——凱亞像孩子一樣地笑了。

†

黎拉．亞斯普萊喜歡威廉．克梅修嗎？

大概正是如此。沒辦法否認。

儘管黎拉決定不表現出來，卻對那個少年的處世方式感到中意。對他堅強的心靈感到可靠。對他的親情之深感到羨慕。種種感情在黎拉心裡組成了對他的確切好感。

黎拉．亞斯普萊討厭威廉．克梅修嗎？

那大概也沒有錯。不容否認。

儘管黎拉在這部分沒有隱瞞的意思，卻對那個少年的處世方式感到危險。對他堅強的心靈感到嫉妒。對他的親情之深感到怨恨。種種感情在黎拉心裡組成了對他的確切嫌惡。

喜歡與討厭是硬幣的兩面，這話比喻得實在絕妙。

黎拉心裡的那枚硬幣既沒彈起也沒轉動，目前正落在「討厭」那一面朝上的狀態。

5. 受尊崇的血

後來太陽七度升起，然後西沉。

圍繞在黎拉身邊的狀況，沒有任何改變。

瑟尼歐里斯在工坊裡依舊零零散散，威廉也還在大陸上到處奔波，大陸各地傳來的戰況於好於壞都陷於膠著。

†

天氣舒爽得幾乎要讓人忘記季節正處寒冬。

暖洋洋的陽光挑逗眼睛裡頭。煦風拂過肌膚。風中微微散發枯草般的氣味。

「話說，妳是否想要我的命呢？」

黎拉忽然被問了那麼一句。

在周圍圍觀的群眾——他們全是神色嚴肅的騎士——之間，吵吵嚷嚷地閃過了沉重得甚至可以感受到質量的動搖情緒。

「唔～……我參不透您這樣問的用意耶。」

黎拉搔了搔頭。

「拿下一個委靡大叔的命，既不能擺在架子上當裝飾，也不能當美食享用。我弒殺陛下會有什麼好處嗎？」

動搖的情緒再次閃過圍觀群眾之間。

「哎，假如您要談我沒有察覺的利益。視內容而定，我想我也可以考慮看看就是了。」

啥！——有個尤其年長的騎士勃然變色。他差點忍不住向前踏出半步，卻被主子的目光制止而作罷。

「嗯。妳那麼說是認真到什麼地步？」

「我現在別無說謊的理由。」

黎拉隨口回答以後——就拿起劍了。用於競技的細劍。約同一根手指粗，劍刃並沒有開鋒。鼓成球狀的前端有種說不出的滑稽。

她揮了一下確認手感。以武器而言感覺實在太輕，哎，可是單純當成玩具就不壞。

「妳的故鄉迪歐涅會走上末路，當中存有疑雲。簡單來說，有傳言認為它滅亡得太不自然。」

黎拉走了幾步，站到比試場地的開始線旁邊。

她抬起臉龐。

「迪歐涅騎士國是由堪稱武勇之巔的初代正規勇者阿貝爾．繆凱勒所興建。縱使敵人是那些可怖的昏古靈族，也沒有那麼容易滅亡才對——人們是這樣說的。」

「所以後頭存在著某人的陰謀嘍？」

「如此鼓吹的人不少。再者，要提及迪歐涅滅亡後最能得利者是誰，自然會想到目前吞併其領土的帝國，以及帝國的領導者吧。換句話說……」

於是，那名中年男子大幅伸開雙臂示人。

披風唰地一下隨風飄揚。

「指的就是我。」

帶有作戲性質的語氣，讓人遲疑該如何反應。

黎拉一邊使勁搔著後腦杓，一邊微微吐氣。

「不會太過武斷嗎？」

「當然了。畢竟群眾只會接受『所有人都能懂』的結論。既然如此，內容武斷就是讓傳聞成立的大前提。」

「……我總覺得聽到了偏頗的帝王學，就當成心理作用吧。所以，您在懷疑我是不是也被那套武斷的思路說動了？」

「若壞了妳的心情，我道歉……當代正規勇者，黎拉．亞斯普萊。」

皇帝將眼睛稍稍瞇細。

他收下隨從的劍——和黎拉手中一樣用於競技的劍，並擺出架勢。

（原來如此，對懷疑不予否認嗎？）

在視線催促下，黎拉也跟著舉劍預備。略呈斜身，劍尖偏低。

她感受到有更進一步的緊張情緒閃過周圍騎士之間。當中甚至有人摸向佩劍的劍柄。

「然後呢？聽說對皇帝懷有殺機的正規勇者賦閒於帝都，您就找我過來，想確認我的真正心思嗎？明明越冬派對已近，還特地以拿劍玩玩的形式，設了這個局？」

「哎，說穿了差不多就是那麼回事。」

兩人所用的架勢，都是正統劍術的基本型。步伐朝左跨開些許，劍尖與上半身同朝正面。廣為人知的名稱叫「雷芯」，不僅屬於可攻可守的實戰性架勢，在這種比試場合也兼為相互表示敬意的禮儀作法。

（——沒有比這更麻煩的了。）

「開始！」

擔任裁判者將高舉的手揮下。

同時，黎拉邁出腳步。

配合成年男子的這一步跨得較大。她扭腕使起比平常輕上好幾級的劍，揮鞭似的瞄準右邊脾臟出招。

（…………真受不了。）

皇帝也跟著邁步。鍛鍊過的劍路絕非笨拙，對準黎拉頸項。黎拉往左墊步，藉由交換位置的方式閃躲。

黎拉在內心輕輕咂嘴。

皇帝剛才那一手，以持劍比試來看是妥當的，可是以應敵之舉來看就太不妥當了。用來在比試規則內化解無意取命的攻擊應屬上乘，以保命之舉而言則過於愚蠢。

只要黎拉有意，皇帝已經在剛才過的那一招當中喪命了。

當然了，只要黎拉「真的有意」，不管皇帝怎麼抵抗都是無謂的。皇帝的劍術固然優秀，終究還是停留在人類的範疇內。假如位於天外天的正規勇者懷著殺機出手，其性命根本連一瞬也不可能保住。

可是……不，或許正因為那樣，此時此刻，這位皇帝才會當著圍觀的家臣騎士面前，把自身性命交付給黎拉的一念之間。

（這種試人的方式還真彆扭。）

萬一黎拉真的想殺皇帝，絕不可能錯失這等良機。假如這場比試僅止於比試，就可以證明她沒有那種意思。

反過來說，不做到這種地步，就無法證明正規勇者的巨大力量對帝國本身並非威脅。

（支配者階級就是這樣才令人討厭，所作所為都好麻煩。）

未開鋒的劍與劍，伴隨著劇烈聲響交錯。

橫劍與輪劍。短撞與右崩。禮閃與逆禮閃。

簡直像事先就已經套好招數，劍與劍交相躍動，嘶鳴，起舞，反彈並撞出聲音。

（真的——這多麼像一齣鬧劇。）

左崩與重輪劍。刻劍與刻劍。雷劍與升劍。

嬌小的黎拉轉呀轉地舞動身子，持續精確出劍。

雙方總共過了八十七招。那是收尾的一擊。

沉重橫劍被彈開的皇帝似乎落於下風，退了半步。配合其反應，形勢上同樣被擋掉橫劍的黎拉，就像被彈開一樣地，拉開了半步的間距。

「——漂亮。」

滿頭大汗的皇帝揚起嘴角，露出少年般的笑容，就此收起架勢。

「真了不起的**學養**，我倒希望自己的同宗能向妳看齊。」

「哪裡哪裡。」

黎拉也裝了個樣子擦擦額頭的汗水，然後收回架勢。

周圍的騎士臉上，一律放鬆了緊張的情緒。

「不，這不是客套話。我真的認為讓妳留居勇者之位嫌可惜了——噢，對了。妳有沒有意願當我的養女，黎拉．亞斯普萊？」

才一鬆懈，又變成這樣。在場騎士全都人仰馬翻，差點跌倒。黎拉用眼角餘光看了他們那副德性，接著搖搖頭。

「承蒙您的賞識，不過請容我拒絕。」

「我可沒有跟妳開玩笑喔？」

「應該也是。只要能正式迎我為親人，就可以完全壓下剛才那套『用奸計篡奪迪歐涅領地』的風評。對我們雙方來說，都有十足好處。您有足夠的理由認真提議，會加碼用上親切語氣也是可以理解的。」

「沒錯吧。」

「可是，我不需要。」

黎拉說完，就把劍脫手甩出。那玩意兒一邊打轉一邊畫出弧線，準確地收進了豎在比試場地一隅的皮製劍鞘之中。

她轉身背對皇帝。

事情忙完了。黎拉打算回教會。那裡絕非自己的家，但至少會給她容身之處。儘管算不上舒適，倒也不是無法容忍。

「撇開那些算計，我還是收下您的心意就好了……啊，不過。」

黎拉肩膀一轉，微微地笑了笑。

「那份心意讓我有點高興。所以謝謝您，**叔叔**。」

實戰的劍術，與用於競技的劍術完全不同。

實戰之劍追求的當然就是不傷己身地將對手制伏，以及為此所需的效率。另一方面，競技之劍則是旨在展現技術優於對手而一路演進。因此，它內含追求優雅及美麗的精神。

†

有「劍戟譜」這種東西存在。

坦白講，就是劍術比試的記錄。記有比試者各自用了何種架勢，如何邁步，如何揮劍的詳細內容。私下比試也就罷了，官方的劍術比試只要規模大到一定程度，都會留下大略的對峙記錄。到機靈點的書店付個兩三枚銀幣，應該就能買到幾本將那些內容整理得清晰好懂的譜冊。

「──真的，了不起的學養。」

皇帝擦去額頭汗水，然後低聲感嘆。

明明剛做過這等劇烈的運動，那些汗水卻有如結凍似的冷。

「您那麼說，究竟是什麼意思？」

有位忠臣問道，皇帝便搖頭以對。即使對無法理解的人說明也沒有用。那是具有如此性質的訊息交換，同時也是心靈上的交感。

皇帝回想從頭一招算起，雙方以劍交會的過程。首先是左頸，右三橫劍，回手刻劍，退半步之後深入撞擊，再抽身連下雷、崩、輪。

這是二十三年前，柴可莫．尼耶雷特在亞爾瓦烈鬥技祭對上梅穆德．傑剛所留下的著名劍戟譜。當時傑剛是剛失去領土的騎士，尼耶雷特則是形式上搶了其領土的貴族。換句話說，目前皇帝本身與黎拉本身的關係，有一部分可以投射於他們兩人。

接著是在反覆的輪劍後回以禮閃，不待片刻就拉開腳步並短撞三連。劍戟譜由此改換，變成仿效諾曼．洛馬寧與班維努特．薩克索伊德在審問對決中的過招方式。過完十一招之後，又換成不一樣的劍戟。然後，再換其他劍戟。

唯有懂的人才會懂。

原本這是由皇帝抱持戲謔心態才開始的交談。對此黎拉完全能回應，非但如此，她還回手用自己的訊息還擊。

倘若有精於劍戟譜之人觀戰，應該就會察覺他們在過招中有一段對話。更會從中聽出黎拉想傳達的語意才對。

她如此表示：『我不認為是帝國害我失去了祖國』、『然而我也不覺得毫無瓜葛』、『我明白』、『好幾種巧合重疊在一起，原本帝國想將迪歐涅毫無損傷地納入手中才用的小手段，在最後導致了那場悲劇』、『如今我無意責備帝國』、『過去的事無法挽回』、『我認為目前的立場對彼此來說最為合適』、『我只求一點，但願您妥善治理那塊土地，還有現在居於其上的人民——』

唉，真是夠了。命運多麼諷刺。

那是統治者的血統。

失去國家，失去人民，失去一切依靠的那個小丫頭，肯定具有稱王的器量。她是理應成為統治方而誕生的人。

皇帝想得到她。

只要能把那女孩納入自己的血脈，帝國的將來定會更加地堅若磐石。而且，那也將鞏固人類的歷史。即使面對怪物逼近而來的威脅，人類依舊能以無可動搖的繁榮為傲。得到新的家人提供助力，或許就能守住「人類」這個最為龐大的家族體系。

「實在可惜。」

皇帝苦苦地搖頭。

『所以謝謝您，**叔叔**。』

「……叔叔是嗎？」

他撇嘴，並且仰望天空。

成為一家人的邀請被拒絕了。沒能如願讓她叫自己父親。

不過黎拉隨後對他說的那句話，當成道別之語卻不可思議地充滿溫情。

「還不壞……我想，就先這樣吧。」

為了避免讓周圍的騎士聽見，皇帝似乎只想說給溫暖的冬日天空聽般如此低聲咕噥。

†

黎拉打算回教會。

在回程路上，幫那些臭臉的祭官買個什麼伴手禮好了。

她稍作思索，然後想到。啊，對了。買那個不錯。昨天在市場一角擺攤的商家所看見的苦草芥末包。她出於好奇試了一試，卻打從心裡感到後悔。味道又苦又辣，最要命的是臭，已經不知道該當成食物還是該歸類為毒物，並立法取締才對的鬼東西。

一次買一整堆，再推給那些祭官好了。吩咐大家一人吃一個。她好歹也是正規勇者，既然是來自至高聖人的布施，他們總不可能拒絕。自己就待在鄰近的特等席，見證累積修行而得的心靈祥和被擊垮粉碎的樣相吧，嘿嘿嘿。

黎拉一邊笑得怪裡怪氣（當然是在心裡），一邊走過王城之中。

「————嗯？」

她在看得見中庭的挑空走廊停下腳步。

稱之為中庭，或許未免謙虛得太過。那裡有著氣派的大庭園。有泉水，有河流，林木繁茂，時令花卉繽紛綻放，然後還有……

氣氛看起來不錯的一對男女，正若有深意地面對彼此。

「嗯嗯？」

黎拉的額頭上，擠出深深皺紋。

她認得那對男女的臉。

「嗯嗯嗯？」

黎拉反射性地隱藏了氣息。

她就近躲到梁柱的死角。

（話說這傢伙怎麼會在這裡？他不是從教會接了一堆使命，正在帝國中到處奔波嗎？既然回來了就跟我打聲招呼啊，至少露個臉嘛。）

黎拉豎起耳朵。對話的內容聽不清楚。傳進耳裡的，只有隨風沙沙作響的樹葉聲。

她考慮靠近。

憑一般的隱身術，應該對威廉・克梅修那個男的不管用。那個少年到處闖蕩與天分不符的戰場，結果他察覺敵意的能力，已經提昇到連全世界的職業刺客都要大罵「你這臭傢伙別鬧了」的水準。

唯有正規勇者能用的超絕奧義中，有一招讓身心「沉入」森羅萬象之內，不只能消除氣息，更可藉此將自身存在的事實淡化到極限的技倆。用起來非常累人，而且還存有稍微控制得不好，就會讓淡化到極點的存在直接消滅的風險。可以的話黎拉不想用那招，但是在這個局面也不得已了。她靜靜地深呼吸，然後止住氣息。

「或許，這樣請教會有些不禮貌。」

出身純正，如銀鈴般的嗓音。

「威廉大人，你有沒有意中人呢？」

那個女的低著臉和眼睛，白淨臉頰微微泛紅，並且問了那麼一句。

容貌有如將清純、率真、楚楚可憐等等形容詞溶入顏料後，才在畫布上描繪出來的女子。可以感覺出教養良好的長相，還有空靈夢幻的氣質。再加上……嗯，身材凹凸有致。一言以蔽之，感覺就是會受男人喜愛的外表。

這女的是皇帝的姪女。年紀記得是十九歲。

美麗溫柔的王室之女。為人亦有和藹可親的一面，不時會在城邑露臉，於民眾間極具人氣。

她名叫「公主殿下」——這當然不是本名，但在帝國內如此稱呼也完全說得通。皇帝陛下並沒有女兒，放眼望去在親族間也只有她這麼一個未婚的女性。當事者無論外表或身段，都不會讓「公主殿下」的名號蒙羞。何況在帝國領內，要找其他地位足稱為「公主」的女孩，根本連半個都找不著。

「……饒了我吧。」

至於另一邊的威廉，當然就跟往常一樣。不知道該說是普通、平凡或寒酸，他長得就像把那些形容詞塞進鍋子熬煮以後，再燒烤出爐的臉。若要說他們兩個不相配，簡直沒有比這一對更不相配的了。

「最近每個傢伙都在問我一樣的事情。我也有修行和使命要忙，沒空管那些啦。」

「每個人都在問……你指的是？」

「書店的布魯格蓋特父子。艾米莎和凱亞。米基希隆他們、公會櫃檯三人組。還有教會那不記得叫啥來著的胖祭官。另外就納維爾特里和皇帝陛下吧。」

真是群閒人，黎拉心想。

「哎呀，連陛下都問過嗎？」

女子笑了。

「你果真大受歡迎呢。」

「這應該叫被人當玩具啦，受不了。」

不愧是當事人，理解得很清楚。

「會受到許多人士關心，應該表示你受矚目的程度就是那麼高。大家真厲害，都具備識人的眼光呢。」

「就說他們是拿我尋開心了。」

威廉嘔氣地回答。

「不可能有那種事。年輕的準勇者，威廉．克梅修大人。明明站上舞台並不久，你的武勳卻不會遜於身為正規勇者的黎拉大人。威廉大人，你比自己所想的還要受人肯定喔？」

而女子斬釘截鐵地對他斷言。哎，這部分應該說她不愧是王室成員吧，對世局似乎十分了解。

「方才的問題，你是怎麼對那幾位回答的呢？」

「……拜託，我哪有那種對象。」聲音有些發抖。

這也難怪。說來說去威廉也是年輕男孩，黎拉知道他最愛的就是漂亮大姊姊。

因此，威廉在這個好比位居漂亮大姊姊頂點的女人面前，會變得軟手軟腳也是難免。不應該為了這種事就對他大小眼。下次碰面時朝威廉臉上賞一拳就饒了他吧。

「那麼……假如，我說的是假設就是了。」

公主輕輕握拳，然後把那湊到胸口，期待似的說：

「等到時間有所餘裕，有空好好挑選心目中排第一的女性……屆時，能不能請你務必也要想起我呢？」

這傢伙說什麼啊？黎拉瞪大眼睛。

「第……第一？」

從威廉的聲音，也聽得出動搖了。

「是的。請讓我等待那一刻。」

「呃，不對吧，哪門子的玩笑？」

「哎呀。難道你以為我會把這種話當戲言說出口嗎？」

「啊～……沒有，這個嘛。傷腦筋耶。」

威廉困擾似的搔搔頭髮，把臉轉向旁邊。

雖然無法直接看清楚，不過黎拉曉得，他的臉大概是紅了。

此外，黎拉順便對另一件事情有了把握。

威廉絕對不會接受這場告白。

「不只是時間問題。怎麼說好呢？抱歉。妳再怎麼等應該也沒有用，我想，我無法回應妳的期待。」

看吧。

黎拉悄悄地在內心耀武揚威。

「……是我有所不足嗎？」

「不是那樣啦。不過，怎麼說呢，抱歉。」

威廉深深地低頭賠罪。

——哎，當然會那樣嘍。

黎拉仍躲在死角不發氣息，並點頭感嘆。

其實剛才那是相當不了得的美人計。聲音顫抖的方式，往上瞟的眼神，臉紅的程度，拉近距離的方式，全都完美無瑕。

世上正常的男人中，能擺脫那種誘惑的傢伙應該不多。不過無論怎麼想，壞都壞在這次的對象。

威廉離去，中庭裡獨留公主殿下的身影。

離開的少年背影消失了。

「無法順利得手呢。」

語氣幡然改變，優雅舉止也跟著打住，貌似不甘的公主殿下獨自嘀咕。

她在白木椅坐了下來，然後氣餒地垂肩。

「不過是個青春期少年，還以為可以手到擒來的。」

「那傢伙可沒有廉價到用那種心態就能追到喔。」

「——哎呀。」

公主殿下緩緩回頭。

「黎拉大人。妳居然偷看我們，真下流。」

人靠在其中一棵樹木，並解除掉氣息沉靜化的黎拉甩了甩手。

「總覺得妳反應好小耶。不驚訝嗎？」

「我嚇到了。只是我會留意別讓自己做出太不檢點的反應。」

「啊，原來是那麼回事喔。」

身為公主，非得時時都保持優雅。至少，得保住人們心裡所懷的那份幻想。突然被人從後面搭話就露出本性尖叫，那可沒辦法勝任。要毫不鬆懈地時時自律才行。

那樣的道理，以原本處於相同地位的人而言，黎拉可以理解。

「妳為什麼會在城裡呢，黎拉大人？」

「唔～妳的叔叔邀我來玩。跟他過完招以後，我正要回神殿。」

「……原來如此。他有提過自己找了有意思的客人，不過，沒想到居然招來了這麼惡質的偷窺狂。」

公主殿下不悅似的發牢騷。

那怎麼也不像個清純率真又楚楚可憐的女孩——換句話說，就是不符公主本身外表且具有惡意的遣詞。

「哦，妳真敢講耶。」

黎拉晃晃身子笑了出來。

「既然要講，就順便告訴我一件事。妳想對那個白痴做什麼？」

「哎呀，我可不曉得有哪位名叫『納格白蚩』的人士。」

「別裝蒜了。」

黎拉稍微加重語氣。

「我在問的是，妳想對我那白痴、死心眼、沒天分、即使懂得人心也不諳人情的神話級納格白蚩師兄幹麼？妳打算用美人計得到他，再拿來當用過即丟的棋子嗎？」

「沒禮貌。我才不可能把他當成用過即丟的棋子吧。」

美人計的部分就不否認啊？

「他是相當寶貴的人才。納入手中以後，不珍惜會遭天譴的。」

想得到他的部分也不否認啊？

「——擁有天分的人，大多具備能加以運用的命數。好比陛下與我生來做為統治者。還有黎拉大人，妳生來做為投身征戰者也是一樣。」

「什麼跟什麼。妳個人的看法嗎？」

「這個嘛。要稱之為經驗法則也無妨。」

公主換了一口氣又說：

「人只能依著自己的命數而活。而且，生在不同命數下的人，彼此是不能相伴而活的。必定會漸行漸遠。」

「那也是經驗法則？」

「任由妳想像。」

公主殿下笑得曖昧。

或許該稱讚她了不起吧，澈底掩飾住心思，無懈可擊的假笑。

「所以，我才想要那一位。支持著那一位的既不是天分也不是命運，而是他本人的意志與堅持，還有支持著那些的強烈親情。」

哦。沒想到妳看得滿仔細的嘛。

黎拉有些佩服。

「正因為沒有讓命運引導，才可以憑自己的意志選擇戰場，也可以選擇依偎的對象。在我的人生中，他會是最棒的協助者……不，最棒的伴侶。為了得到那些，要我付出什麼都無妨。假如他不是地位或財產所能打動的人，我也不會吝於獻出自己。」

「喔～那還真是熱情洋溢。」

「所以，在那一位心目中的第一名地位，我絕對要得到手。縱使與他站同一邊的妳會抵抗。」

「哎，我不會抵抗也不會反對就是了。隨你們當事人高興就好——」

黎拉敷衍地一口咬定。然後……

「——妳也屬於把山上那朵花摘來留在手邊的那一派呢。」

她補充。

「妳在說些什麼呢？」

「我是說，妳辦得到就試試看吧。」

黎拉腳跟一轉，然後邁步。

「鄉下的臭小鬼與正牌的公主結為連理後，在旁扶持她的人生。不錯的佳話嘛。事成的話，我會坦然給予祝福，要找我參加婚禮喔。」

黎拉藏起壞心眼的笑容，如此表明了她的意見。

6. 搖曳於高嶺的花朵

正好在舉行越冬祭派對的那一天。

北方守護兵團全滅。

還有堰都諾班特逐漸被豚頭族攻陷的戰報，同時傳來了。

†

原本那場仗要贏應該綽綽有餘。

準勇者奧格朗，與他帶在身上的聖劍布爾加托里歐，理應具備足以令其實現的戰力。

但……

「連個村子都救不了的傢伙，根本不可能拯救國家吧？」

那樣一句話，讓所有命運失控了。

奧格朗在前往戰場的路途中，發現了一個村子。那個村子受到豚頭族的分遣隊蹂躪，看似就要滅亡了。存活下來的年幼女孩哭著對奧格朗不停拜託。請救救我們。請救救我們。

奧格朗是個正直、純粹、有勇氣而短慮的男人。

此時他脫口講出的，就是剛才那句話。他停下為了拯救國家而前往作戰的腳步，投身改為拯救碰巧剛發現的小村子而奮戰。而且，他實際地將那些豚頭族驅逐，救了大約三十名村人的命。

在那場戰鬥中，奧格朗用了聖劍布爾加托里歐的力量。

這柄劍形同能支配戰場的力量，只要用過一次，就有近一個月的期間無法再運用。換句話說，他不顧前後地優先救了眼前的人，在原本該豁盡全力的戰場上，自然發揮不出像樣的戰力。

奧格朗抵達前線不到一天，就在戰鬥中喪命了。

據說，他死時帶著安詳的笑容。

那是當然的吧。直到最後，奧格朗都沒有拋下任何一個在眼前求救的人。他貫徹了「勇者為眾人而戰」的矜持。因為他守住了最重要的事物，對自己來說毫不扭曲的正義，直到人生的最後一刻。

補上多餘的情報。

有關數字的事。

他所救的村民人數約為三十。他為了救那三十人，拋下了一座城市及保衛那裡的士兵，數量多達兩千條人命。

†

以個體來看，豚頭族並非多凶猛的怪物。平均等級在五左右。受過訓練的士兵只要穿上恰當裝備來挑戰，就算一對一也能不出差錯地完成討伐才對。

可是，豚頭族成群結隊以後就會截然不同。同質性本來就極高的這個種族，在團隊活動時會展現出驚人的適應性。

一人發怒會讓群體跟著發怒，一人欣喜也會讓群體跟著欣喜。他們彷彿不具個體的概念，可以團結一致地表露情緒……而集體共有的情緒將互相增幅，化為爆發性浪潮。

大概是生死觀異於人類的關係，豚頭族對死也沒有強烈的恐懼。更不會因為士氣不一致而打亂步調。那能讓他們成為強悍的軍隊，單兵訓練度之低幾乎不成問題。

——黎拉沒想到，自己會在這種形式下再度回鄉。

從帝都轉搭定期馬車約兩天的路程。越過美聶大河的湍流，越過留下歌姬傳說的荒野，然後再往前一些。

堰都諾班特是過去位於迪歐涅騎士國領內平原的新興都市。在逼退昏古靈族，招來人民，將原本荒廢掉的土地重新開拓，一點一點地慢慢耕耘過以後，才逐漸取回人類居住之地的面貌，之前它便是這樣的一塊地方。主要產業為觀光與香水。附近高原在春季會有橙色的花盛開怒放，理應有好幾名自詡風雅的帝國貴族會為了觀賞美景而造訪才對。

如今，已不復在。

黎拉聽到諾班特的戰線有危險，就立刻動身了。她一把抓起剛從工坊送回來的瑟尼歐里斯，然後硬是搭上軍方由帝都派出的其中一台馬車，火速前往現場。

她沒有趕上。

那裡顯然已經不是適合正規勇者的戰場。繁華、榮耀及名譽皆無，事到如今既沒有可以贏回的東西，也沒有能保護的事物。

黎拉心情憂鬱地朝四周看了一圈。

先前仍是堰都諾班特所在的那塊地方，現在只剩整片焦黑的廢墟。大概是這裡屬於剛滅亡的新鮮廢墟所致，石塊、皮革、樹林、肉還有其他東西一起被烤焦的異臭，正摳挖攪弄著鼻腔深處。

幾乎不見那些豚頭族的身影。士兵戰得漂亮。這場仗，似乎是在雙方都幾乎全滅的形式下告終。因為如此，那些豚頭族在侵害諾班特及其近郊之後，幾乎都退兵回到自己領地了。留下來的，頂多只有從這座廢墟掠奪得還不夠的分子。

「——看了就討厭呢，真是的。」

噠。

黎拉踏了半步，越過十七步遠的距離。當她落在那些豚頭族背後的同時，握著瑟尼歐里斯劍柄的手，便輕輕地一扭。

六隻豚頭族的咽喉同時被深深斬斷。

達致死量的血液洶湧噴出。

沒有慘叫。更沒有長久的痛苦。在那之前，他們應該連發生了什麼都沒有理解。有的豚頭族睜著眼睛，有的縮起身體，有的正準備環顧四周。那些豚頭族各以不同的樣貌表現困惑，並且一律屈膝跪下，然後當場倒臥在地。

自己在這裡能做的，頂多只有拿那些心血來潮才從死角現身的豚頭族開刀洩憤。而且那原本就是可以交給一同趕到的軍方將士去收拾的差事。正規勇者根本沒有刻意出手的必要。

自己現在的姿態，在下一份快報會被寫成什麼樣呢？

黎拉一面隨便思考那些事，一面把身體交由分不清是憤怒、悲傷或焦躁而無從命名的情緒，只要找到豚頭族，就將其葬於一片又一片的腥風血雨。

閃光驟現，視野為之搖晃。

「——啊……」

黎拉察覺自己失策了。

間隔片刻，她受到輕微目眩感侵襲。意識本身於剎那間中斷。連在戰場上專注時，恐怕都難以忽略的細微異樣感。

光是如此，敵人的攻擊就得逞了。

她停下腳步。

環顧四周。原為堰都諾班特的廢墟——

不。

在那裡，已經沒有廢墟了。燒得焦黑的磚瓦，遭棄置的民眾遺骸，折斷掉在地上的槍，還有黎拉剛剛手刃的豚頭族，全都不見蹤影。

整面的草原。

一回神……不，在察覺到的瞬間，原本充斥於周遭的苦澀氣味也消失了。取而代之地挑逗鼻腔的，是與周圍光景相符的初春青草香。

「這是……」

黎拉試著靜下心**碰觸時空**。

據說這是有資質之人才能使用的洞察技巧。和威廉一起求教於師父之後，卻只有自己學會的招式之一。這似乎不算純粹的武術，幾乎已涉及魔法那種虛無飄渺的領域——大概正因為如此，就算沒有跟敵人面對面，照樣能當成預測未來的力量運用。

黎拉所感受到的未來，是平靜水面般的意象。

這就表示，短暫期間之內，自身不會面臨死亡的危險。

「……由此看來。」

雖說景色忽然轉變，但難以想像是地點本身遭到轉移。畢竟在那個瞬間，並沒有感受到風以及衝擊。更不可能是轉移魔法之類的技倆。若是魔法，自己現在沒有頭痛欲裂就奇怪了。

既然如此，能想到的可能性是……

（屬於幻覺攻擊的一種。）

黎拉解除架勢，然後伸手壓扁自己的瀏海。

「完全中招了耶……」

稍作思考以後，她用瑟尼歐里斯的劍尖觸及地面。嘰嘰咯咯嘰嘰咯咯，劍尖在地上磨出蠢蠢的聲響，她試著畫了簡單的咒蹟（Thaumaturgy）刻印。

什麼也沒有發生。

咒蹟似乎是可以改寫世界的技術。眾神於遠古創世時引發的無數奇蹟，經人類以凡軀設法重現其鳳毛鱗爪而改編過的仿造品。因此，那只能在正常的世界中生效。好比水車在沒有流水的世界無法轉動，熔爐在沒有火的世界無法熔化鉛，咒蹟在欠缺運作元素的世界中，只是歪歪扭扭的塗鴉罷了。

表示自己目前所在的這塊地方，與先前所在的地方分屬不同世界。

而黎拉在以往，有過兩次與這類似的經驗。

「惡魔族的夢幻結界。」

她確認似的試著發出嘀咕。

這是以敵意創造出來的「夢」。

將捕獲目標的心靈表層加以讀取，再有樣學樣地塑造出的虛假幻覺世界。當獵物在當中心靈耗弱，想逃離的意志就此屈服時，便會永遠成為這個世界的居民——至於現實世界裡的肉體，則會陷入無法甦醒的長眠。

「大概是豚頭族把惡魔帶來這裡，留著當陷阱以後就走了吧。如果是那樣，我等於澈底著了他們的道……」

再怎麼以力量為豪的戰士，縱使是近乎不死之人，只要心靈崩潰就無所謂了。所謂的惡魔族就是精於讓人沉淪的精神體，擅長操控像這樣的夢幻結界。某方面來說，應該也算是針對勇者的天敵。

或許實際下手收拾奧格朗的，就是這個惡魔……然而。

「……世界構築得挺馬虎。表示它不是等級多高的惡魔。」

黎拉有計可施。應該說，在人類漫長的歷史中，用來對付這類心靈攻擊及萬般惡魔的手段，早就定出常套公式了。

在這個虛擬世界的某塊地方，有維持世界本身的核。只要在心靈屈服前將其摧毀，就能順利逃脫。

「唔～」

一眨眼，景色就趁著意識的空檔再次切換了。

沙礫鋪成的暗沉道路。在灰泥牆上貼了好幾塊鮮豔木板的房屋。夢幻結界將黎拉懷念的場所重現出來。

既不是諾班特，也不是草原。

在地理上位置較遠的迪歐涅街景。

黎拉稍微打開雙腳的幅度，並用警戒目光環顧四周。敵人接下來才要攻擊。具體的攻擊內容會是什麼還不曉得。惡魔也分好幾種，用來讓目標心靈屈服的方式各異其趣。

逼獵物咒罵或攻擊眾人尊崇之偶像的爭魔（Bufas）；接二連三地讓獵物目睹親近之人死去的

屍魔（Aeshma）；讓獵物被那些人忽略又無法干預而持續痛苦的隔魔（Immemo Ratio）；以其他手段來說，還有賦予地位或財富，藉此沖淡獵物對現實執著的富魔（Mammon）。另外——

『黎拉。』

從背後傳來的聲音，讓心臟瞬間蹦起。

接著，「果然是用這招啊」的冷漠理解洗刷了情緒。

那當然是黎拉極熟悉的聲音。

應該已經聽膩，卻又不可能膩，讓她感到非常親切、煩人且疼惜的聲音。

「……威廉。」

黎拉一邊呼喚那名字，一邊慢慢回頭。

不用說，站在那裡的就是威廉·克梅修。至少，那看起來不會像別人。周圍沒有其他人的身影。在迪歐涅的城鎮幻影中，少年與少女單獨面對彼此了。

黎拉冷靜地判斷狀況。剛才這個威廉叫了自己的名字。代表這個世界的創造者至少不會是隔魔。在只有一人出現的時間點，據說常以多欺寡的屍魔似乎也可以從候補剔除。

『我有話想告訴妳。』

「嗯？」

黎拉毫不鬆懈地瞪著威廉，對他應聲。

「我可以聽。怎樣？」

『啊……』

威廉停下話語，然後走了過來。黎拉不改姿勢，只將重心放低，對方是爭魔……要提防眼前這個威廉突然發動攻擊的可能性。

不知道對方有沒有察覺她的戒心，威廉來到彼此用手能觸及的距離以後便停下腳步。

『我想要妳。』

——嗯？

意外的發展。思緒被染成一片空白。

「……咦？」

一瞬間，全身的警戒都不知道飛去哪裡了。

隨後，黎拉花下時間才慢慢理解狀況。

（原來這是色魔（Succubus）的夢幻結界嗎！）

色魔同為惡魔的一種，據說它們會實現性方面的慾望，藉此斷絕獵物對現實的眷戀，算是滿直接地體現了「惡魔」這種讓人類沉淪的存在，換句話說，這傢伙是由黎拉對威廉抱有的情慾化身而成，如此一想，仔細看來那張臉似乎比平時的威廉更有英氣一點就是了，直盯著那部分會覺得心情怪怪的，哎喲，思緒好像都在空轉。

（……這樣子或許有點不妙。）

非抵抗才行，黎拉有如此的知識。

一旦接受就完了，她有如此的理解。

可是，黎拉卻希望多等一下後續的發展，她產生了這種想法。

對抗惡魔時，只要心靈沒有屈服——沒有失去對現實的執著就不會輸。無論受到何種誘惑，只要不屈服於那些誘惑就沒問題。還有餘裕等待對方出招才對。

勇者也是人。至少黎拉本身並沒有打算連身為人的心都放棄。儘管她累積人生經驗的方式比較猛烈，但也就如此罷了。或許她有顆比較堅強的心，然而說到底，那顆心仍是傷痕累累的。

所以，無論如何。

黎拉都會有想要聽的話。

「……別講那種不適合你的台詞啦。」

回嘴的聲音使不上力。

「那不是你的作風吧。」

『妳排斥？』

「哼。連問都用不著問吧。話說回來……」

黎拉想了一下，然後測試似的問：

「假如我回答不排斥，你打算對我做什麼？」

『這個嘛。』

快得嘆為觀止。威廉像電光一樣地伸手繞到了黎拉的腰際，隨即用力把她抱進懷裡。

「呀啊！」

猝不及防。遲疑讓黎拉的動作停住了片刻。

而且，在那短瞬之間，事態仍有所進展。

她被威廉一把托起下顎。

視線與視線相接。

「啊……」

從黎拉的喉嚨冒出了連她自己都沒有聽過的聲音。

什麼發展啊？還有這蠻橫的威廉是怎樣？困惑使黎拉停止思考。惡魔會掏出獵物打從心裡期望的景象。換句話說，就是那麼回事嗎？這就是黎拉．亞斯普萊的真正期望？當真？少女懷春？原來自己是個懷春的少女？

「……喂……你在摸哪裡……」

連出聲抗議都完全使不上力。

威廉把臉湊來。嘴唇逼近。

唔呀，這算什麼？自己並沒有從這麼近的距離看過這傢伙的臉耶，而且沒看過的事物應該不會出現在精神世界才對耶，所以這是自己的想像嗎？毫無自覺地在妄想這種事？還有這種幻覺能發展到哪裡？我沒有體驗過後續行為的印象耶，這種情況下究竟會變成什麼調調？

內心的混亂，讓黎拉的臉又漲又紅。

為了下最後一城，威廉用深情無比的嗓音說：

『妳對我而言是最重要的。』

——頓時。

黎拉的心像結凍一樣地失去熱度，同時身體也自己有了動作。

瑟尼歐里斯猛力揮去，從威廉．克梅修的左腰捅入肉裡面，一邊將路徑上的內臟悉數碾碎，一邊從右肩穿出。

啪。

被斬斷的肺擠出空氣，化為細細聲響，從威廉口中外洩。

他已經發不出聲了。物理上而言，想發也發不出。

因此，少年只是抽筋似的睜大眼睛，以表達訝異與疑問。

「……惡魔會從犧牲者心裡，掏出他們藏起來的願望……是嗎？這招固然厲害，不過惡魔的極限，也就直接反應出來了。」

黎拉面露失望之色，並且轉身背對威廉的幻影。

「我想要的呢，是最重視愛爾還有家人，而且無論發生什麼，都不會把心目中的第一讓出來的那傢伙。」

遺憾的心情是有。

不過，那碼歸那碼，這碼歸這碼。黎拉有她無法退讓的底線。

「就算我再怎麼期望，如果威廉真的輕易改變內心順序，那才沒有任何價值可言。」

世界宛如被踏穿的薄冰，就此裂開。

虛假的故鄉景色好似溶化了一樣，逐漸消失。

剛才那一劍，似乎將相當於世界核心的部分輕易摧毀了。只見色魔的結界正逐步瓦解。

「唉，不過……」

黎拉則站在那中央，一邊帶著些許的失落感撇嘴，一邊靜靜嘀咕。

「你讓我……作了一下子好夢。」

7. 最重視的事物

以結果來說，正規勇者在形式上又多了一項戰果。

快報八成又要寫些真假參半的內容了吧……黎拉像是事不關己地一邊輕鬆想著，一邊回到了帝都。

威廉趴在簡餐店桌上死了。

不，仔細看，其實一息尚存。換句話說，他累到會被誤認為屍體的地步，還露出毫無生氣的醜態。

「聽說他從寇馬各回來的途中，在菲斯提勒熱湖旁邊遇到了被封印的銹龍(Rust Dragons)幼獸甦醒作亂。」

穿白斗篷的少年闔起原本讀的書，然後告訴黎拉。

「等援軍到來會釀出災情，他好像就獨自把銹龍打倒了。因為休假中沒有帶聖劍，所以他是用徒手空拳。」

用徒手空拳，打倒銹龍。

說起來，不知道該當成違反常識還是荒謬。倒不如說，簡直蠢透了。就算是正規勇者也不會那麼幹，那種事沒人會想做。

想必是在逞強吧。

想必是在胡搞吧。

一如往常。帶著他那副理所當然的表情。

「市長說多虧他才保住了熱湖的美麗景致，還頒了感謝狀。」

「……到頭來，威廉的人生過得真夠壯烈耶。」

身為正規勇者，人生確實就離不開絕望性的戰鬥。不論有無意願，事情便是如此。所以對於自己的人生，黎拉有很多事早已經死心了。她會代表人類被扯進惡鬥，勇赴惡鬥，對抗惡鬥，然後斃命於不知處。

另一方面，威廉並不是正規勇者。他頂著準勇者稱號，應該與那種麻煩的命運扯不上關係。明明如此，或者正因為如此，這個少年有遇到凶險就主動挺身而戰的傾向。彷彿非得不停戰鬥，非得不停賣力，才能保住內心的某種東西。

威廉的手指動了一下。

他樣似身體不靈光，緩緩地抬起臉龐。

「哇喔，還活著。」

「別隨便咒我死啦。」

威廉搖搖晃晃地伸手從行囊裡拿出小小的皮袋。然後，他直接把那遞給黎拉。

「這是什麼？」

「越冬祭的禮物。」

沉默。

「你是吹了什麼風啊？」

「無傷大雅吧。禮物做太多就有剩啦。」

即使等待，威廉也沒有把東西收回去的動靜。黎拉便乖乖地……一面偷偷感到小鹿亂撞……一面收下那東西。

她確認內容。裡面裝了護身符。外形像狗或某種醜得搞不懂是什麼的生物。

「……怪模怪樣的。」

「大受溫德爾還有赫雷斯歡迎就是了。」

黎拉對那兩個名字有印象。和威廉住同一個家，也就是養育院的兩個小朋友名字。是正值活潑時期的少年。

「所以說，這該不會跟你發給他們的禮物一樣吧？」

「對啊。」

「你親手做的？」

「不行嗎？」

「唔～我倒沒有那麼說啦，這個嘛，如果要用一句話來形容……」

糟糕，黎拉如此心想。她的臉已經快要變得心花怒放了。

黎拉露出賊笑，設法掩飾自己的臉色說：

「好遜喔。」

砰。威廉的腦袋響亮地落在桌上了。

†

那一天，黎拉回到讚光教會的光室——分配給正規勇者的房間——以後，就在床上沒規矩地滾來滾去鬧個不停。

「哈哈……啊哈哈哈！」

她拿到了和威廉發給家人一樣的禮物。

她得到了和家人同樣的待遇。

那有多麼大的意義？那是多有價值的事情？那位「公主殿下」應該連想像都無法想像吧。那個色魔應該無法重現吧。活該。

那就是第一。那才是第一。

左滾右滾。再怎麼滾，都不會從豪華的特大號床舖摔下來。黎拉得意忘形地繼續朝兩旁滾。

黎拉·亞斯普萊曉得何謂空洞。

並非以知識的形式，而是透過體驗。

當時——四年前，在黎拉十歲的自我之中，就有它存在。

自己真的傷心嗎？真的痛苦嗎？真的絕望嗎？真的憤怒嗎？真的憎恨嗎？

妳該是這樣的，妳應當要這樣才對——他人一再抱著期待相勸，蓋過了當時的記憶與心思。努力順著他人期望立身處世的那名少女，在回過神來時，已經忘了自己原先的面貌。

不過——

咕咚。

「哇呀！」

即使摔下床，卻還是止不住笑吟吟的表情。

懷抱著沒有人期望，甚至也沒有任何人曉得的心意。

黎拉在笑。

她打從心裡，體會著自己的幸福。

掛在牆上的蠟燭火光，像在喧鬧一樣地微微搖曳。

立於牆腳的瑟尼歐里斯映著那陣光，微笑似的發出了柔和光芒。

「食人鬼吐露心聲」
-your happiness-

午餐的菜色是馬鈴薯泥和煎豬肉，還有青菜湯配柳橙當點心。

妖精們大多已經用完餐，衝到外頭去了。今天天氣相當好。是個相當適合把球扔來扔去的日子。

還留在餐廳裡的只有幾個人。

「瑟尼歐里斯過去的主人啊……」

淡紅色頭髮的女子把手指湊在下頦，稍作思索。

「之前威廉有向我透露過一點就是了。妳們想聽嗎？」

「是的！」

用餐到一半，嘴邊還沾著醬料的菈琪旭探出身子。

「喂，沒規矩。」

她被同樣在用餐的潘麗寶拉了衣服下襬，就害羞似的呵呵笑著端正坐姿。在妖精之中個性算沉著的菈琪旭，到底還是個年幼的孩子。眼前一有強烈感興趣的事情，很容易把持不住。

「呃。在珂朵莉以前，威廉只認識兩個用那柄劍的人。一位是教威廉用劍的師父，武藝非常高強，性格非常惡劣，非常缺乏生活能力，也非常邋遢，不過聽說他仍是位非常非常厲害的老爺爺。」

好像很了解，又好像根本不了解的說明。

菈琪旭和潘麗寶一塊露出困惑之色。

「……什麼嘛。他真的就是那麼說的啊。」

「唔……唔嗯。」

並沒有人懷疑就是了。

「然後，另一個則是和威廉求教於同一位師父的師妹。武藝同樣非常高強，性格非常惡劣，非常壞心眼，非常任性，不過聽說她仍是個非常厲害的女孩子。」

依舊讓人覺得好像很了解，又好像什麼都不懂。

「什麼嘛。我才沒有騙妳們喔。」

「嗯……」

菈琪旭和潘麗寶擺著「早知道就不抱期待了」的表情默默相望。

「然後，他們兩個人呢。」

妮戈蘭繼續說道。

「都十分強悍，完全沒有在戰鬥中落敗過，卻仍一直受到無可奈何的多舛命運玩弄。之前威廉提到這件事的時候，顯得相當遺憾。明明自己始終在他們倆旁邊，始終想幫助他們，可是卻什麼也辦不到……他是這麼說的。」

那麼——

「意思是，珂朵莉學姊算第三個人嗎？」

潘麗寶吞下一小塊三明治，然後交抱雙臂。

「那樣的話，就可以理解他之所以會用盡全力幫學姊的原因了。那算是補償行為——就算還不到那種地步，他仍想要擺脫後悔。」

「……是那樣的嗎？」

菈琪旭垂下目光。

那套假設是可以理解。不過她覺得那屬於有點寂寞的思考方式。

威廉．克梅修想救的，並不是古時候連名字都不曉得的某個人，而是當時在那裡的珂朵莉．諾塔．瑟尼歐里斯本人才對，菈琪旭想要如此相信。

畢竟……

當時的珂朵莉學姊，看起來是那麼地幸福。
當時的威廉先生，是那麼地溫柔。
「多舛命運嗎……」
比菈琪旭她們年長些的少女——娜芙德一邊連皮帶肉地胡亂啃起柳橙，一邊嘀咕。
「我不曉得那種東西是誰定出來的，可是我們家的珂朵莉被人擅自當成特別不同的異類，感覺就不是滋味了。」
她一邊鼓著臉咀嚼，一邊貌似不悅地補充「……菈琪旭也是。」
而妮戈蘭聽了那些話，便微微地偏頭。
「我想，大概不是那樣喔。」
「……怎樣啦？」
「沒有任何命運是不特別的。用不著被劍選上，所有人一個個都活在既特別又寶貴的命運之下。無論是珂朵莉，古時候的那些前輩，當然還有菈琪旭，都只是碰巧有著性質類似的『特別』罷了。」
「……呃，我不是在談那個啦。」
「我們談的就是這件事情。我堅決反對把帶有歧視的思考方式套入家裡孩子們身上，堅決反對。」

「我也不是在談那個……啊，真是的，我搞糊塗了啦！」

妮戈蘭「咕嘟嘟」地倒了與人數相同的茶。

「命運這種東西，終究只是命運才對。它只能提供舞台而已。在舞台上要怎麼活，或許選項並不是無限的，儘管如此，每個人都還是有選擇的機會。每個人都有權抬頭挺胸地表示：這就是自己的人生，這就是自己選的路。」

她露出微笑說：

「不管生在什麼樣的命運之下，那個人的人生仍屬於那個人。要不然，妳們不就成了從出生時就已經無路可走，只顯得惹人同情的生物了嗎？」

「……呿。妳居然講了跟菈恩差不多的話。」

娜芙德有些嘔氣似的把臉轉到一邊。

「嗯。不愧是人生的前輩，說出來的話飽經歷練。表示正因為人生的終點已經定好，如何將這段路走得不讓自己蒙羞才是重點。」

潘麗寶感慨萬千地說。菈琪旭稍作思考。

已經決定好終點的人生。

理應會出現在自己等人面前的有限選項。

自己——新上任的成體妖精兵菈琪旭．尼克思．瑟尼歐里斯，往後要怎麼活呢？又會面對什麼，做出什麼選擇呢？

「……唔～」

基本上，對於應該會來到自己面前的「多舛命運」，她也不太有頭緒。沒辦法順利想像。

舉例來說……對了。稍微得意忘形一下，作個夢想吧。要是能像珂朵莉學姊一樣，和威廉先生那般帥氣的男人認識會如何呢？

對方是個堅強又溫柔的人，可是也具備無法放著不管的柔弱之處，會讓人想一直陪在旁邊予以支持。

然後……

自己會為了那樣的一個人戰鬥嗎？

自己會在逐漸磨耗自我的恐懼中，笑著前往戰地嗎？

（……總覺得，不是那樣的……）

果然，與命運與否無關，珂朵莉學姊就是特別的。菈琪旭想用那樣的結論來逃避。

珂朵莉學姊是個十分厲害的人。

而且也是個堅強的人。

即使面對非得拋棄性命的戰鬥，她也不會倉皇畏懼，還是毅然地過著每一天。至少在學妹面前，她絲毫沒有展現出軟弱的模樣。

所以，菈琪旭不明白。

她無法想像，珂朵莉．諾塔．瑟尼歐里斯在過去，是抱著何種想法來面對自己的命運，還有自己的情意——

「…………」

菈琪旭用手裹著小小的茶杯，在上頭施力。

茶杯裡，在甜美的奶茶表面上，冒出了一絲漣漪。

「藍天的黃金妖精」

-girl's pride-

1. 珂朵莉・諾塔・瑟尼歐里斯

我是什麼呢？珂朵莉如此思索。

這是最近這一陣子，在腦海裡浮出次數變多的疑問。

黃金妖精（Leprechaun）。沒死成的亡靈。並未活著的生命。為了正當擁有生命的人們，甘冒一切而戰的兵器。

適用的遺跡兵器（Dagr Weapon）為瑟尼歐里斯。年齡十五歲。誕生於九十四號懸浮島的森林中。

而且，前些日子剛開始第一次單戀。

這是屬於那個季節的故事。

†

——我真的能變強嗎？

——就算妳不要，我也會逼妳變強。我是管理負責人啊。

珂朵莉·諾塔·瑟尼歐里斯醒來以後，有一陣子都無法從被窩中出來。她把身體扭來扭去好幾次，還試著把臉埋進枕頭。

那不是作夢吧？

珂朵莉問了自己好幾次。而且每次都在心裡反覆告訴自己：不要緊，不要緊。

昨天——感覺也像很久以前就是了——在星空下，被眾多發亮護符包圍的那座山丘上，自己跟那個人約好了。要打贏戰鬥，並且活著回來。然後，還要吃奶油蛋糕。

如今回想起來，感覺當時有羅曼蒂克的氣氛。

感覺那是段夢幻到極點的時光。

彼此交談的內容……哎，似乎跟浪漫或夢幻都不太能沾上邊。然而自己是受到珍惜的，這一點有明確傳達到。

「……呵呵。」

一回想，就忍不住眉開眼笑。

「喂～」

門被敲響。

威廉的聲音傳來。

「咦？呀啊，什麼事？」

「喔，妳醒啦。那就出來吧，做早上的運動。」

「……咦？」

珂朵莉緊緊抱著枕頭，心裡感到困惑。

她匆匆跳下床。在睡衣外面披了件開襟毛衣到肩膀上。瞧過鏡子才被睡覺壓亂的髮型嚇到，連忙用手代替梳子打理個樣子出來。在底限內的底限將儀容整理好，妥協妥協再妥協，行了，總之就先這樣吧。

她稍微打開門。

威廉穿著一身土氣的鍛鍊服，還在脇下捧了幾根疑似隨處撿來的木棍，就站在那裡。

「嗨，早安。」

「早……早安，所以你說的運動，是什麼意思？」

珂朵莉一問，威廉就露出傻眼似的表情。

「昨天我有講過吧。就算妳不要，我也會逼妳變強。」

「咦……咦咦？」

「就這樣嘍，換上方便活動的衣服，到倉庫後頭集合。雖然這不是什麼值得當祕密的事情，但是太張揚也說不過去。」

「咦……咦……咦咦咦？」

†

劈啪劈啪劈啪啪。

乾燥木棍互擊的清脆聲音，響徹森林裡的廣場。

對旁聽者來說，那是略為風雅的午後演奏會。不過對演奏者本人來說，就沒那麼愜意了。要賣命的。

右、右下、左斜上、正上、稍微繞彎再往下——啊，錯了，又是右邊。

棍頭會從全方位任意地來襲，要運用自己手上的木棍將其掃開，彈開，支開，躲開。

這並不容易。應付掉一棍時，非得留意的是還要應付下一棍。架勢不能瓦解，振臂猛揮也不行。動作不能停，更不可以打亂自己營造的身體動線。

呼吸的時機難掌握，放鬆的均衡難掌握，專注力的分配難掌握。一口氣把話說盡，就是掌控自己的身體在各方面都有難處。要思考的事情太多又沒空思考，只能在思考之前讓身體先動作，可是威廉的動作越來越快越變越猛光要跟上就費盡全力倒不如說已經瀕臨極限了話說真的沒空可以思考……啊，啊，啊。

劈劈啪啪劈啪劈啪——

「啊。」

忽然間，腿沒力氣了。

飄浮感。視野晃動。無法重振腳步。木棍逼近。世界傾斜。隨後……

「哇呀！」

珂朵莉跌了一大跤。

雖說在柔軟的土壤上，背重重摔到還是會痛。

「身手本身是不錯，但整體的重心挪移就半生不熟了。」

像在裝糊塗的青年嗓音。

威廉・克梅修正背對藍天站著。他一邊用剛才的木棍輕輕敲著自己肩膀，一邊朝珂朵莉低頭看來，從那樣的舉止中看不出一絲疲倦。

「手和腳各忙各的動作，讓軀幹被耍得團團轉。妳得先學會將重心『收』與『發』的動作分開來運用。」

「唔～……」

珂朵莉．諾塔．瑟尼歐里斯硬是吞下紊亂的呼吸。

「我實在聽不懂你在講什麼耶。」

「嗯，是嗎？唔嗯～……哎，就算妳排斥，我也會逼妳的身體記住啦。」

「又講那種讓人聽不太懂的話。」

珂朵莉一面感到傻眼，總之打算先讓身體站起來。

然而，身體卻不聽使喚。

撐起上身，準備要站起來的時候，腿就沒力了。又往背後翻倒在地上。

「……咦，這是什麼情形？」

當然，她對疲累這一點有所自覺。

不過換句話說，她感覺到的就只有疲累而已，也沒有多作深思。身體會完全不聽從自我意志這種事是在意料之外。

「這是古代魔法或什麼的嗎？」

「沒有啊，我只是誘導妳的動作，逼妳用有效率的方式活動罷了。」

手伸了過來。

珂朵莉乖乖地握住威廉的手，把身子交給他。

「效率好的活動方式，含有將負擔巧妙地分散到全身的訣竅。因為連草率行動時不會用到的肌肉，都會全副運用在鍛鍊上頭，妳有感覺到和平時訓練不一樣的疲倦吧？」

她活像被拖起來似的起身站穩。

「幸好妳的體力有打好基礎。光像這樣補強有空間成長的部分，就可以迅速提昇一定程度的實力。使用者本身變強，使用聖劍的強度就會有數倍以上的成長。這是好跡象。」

威廉心情大好地如此表示。

珂朵莉發現，那和他昨天以前的調調有滿大差別。

威廉‧克梅修原本是五百年以前，人族（Emnetwiht）的文明仍興盛於地表時的人物。換言之，他本來並不該活在這個時代，活在這片天上的世界。無論家人、朋友、不曉得是否曾經有過的情人，全被拋在遙遠的過去，成了空殼子活在這個世界上。

恐怕是內心空虛流露出來的關係吧。昨天以前的他，眼裡一直蕩漾著難以言喻的幽暗光芒。可是……

「原來你那麼認真地在看待『要逼我變強』的那些話啊……」

「怎麼，難道妳不信任我？」

「信歸信……之前我感覺不太踏實就是了……」

雖然只有一絲絲而已，但現在他眼裡的那塊地方，確實看得出有放眼未來的光芒。

對未來有所期望，為此正打算把握當下。可以感覺到類似生者才有的活力。

「從昨晚到今天早上還不到一天，這麼突然，不浪漫也要有限度嘛……」

「那還用說。浪漫也好，幻想也好，都是重視感性甚於理性或合理性時的思考方式。再說，既然要在現實中以戰勝強敵為目標，就該盡可能地不停追求合理性。想讓不可能變成可能，最有效的方式就是證明另有『其實並非不可能』的新見解。」

「我想聽的可不是那些理論……」

珂朵莉一面感到傻眼，一面也變得有些高興。

威廉是認真的。他認真地想讓珂朵莉她們戰勝巨大的〈深潛的第六獸(Timere)〉，然後活著回來。而且，他還想為此用盡現實中所有可行的手段。

「哎呀，這麼說來……喂，那邊那兩個！」

威廉抬起臉龐，然後看向體練場外圍。

「嗯？」

原本坐在長椅上把腳晃來晃去的艾瑟雅，一臉像是忽然被人潑了水的貓那樣看了過來。間隔片刻，在她旁邊茫然仰望著雲朵的奈芙蓮也「唔」地微微偏頭。

「難得有機會，妳們要不要一起參加？」

她們倆看了彼此的臉。

「我們嗎？」

「沒其他人了吧。有興趣的話，我就趁現在從頭教妳們一遍。」

「是喔……聽起來，還真是令人感激。」

艾瑟雅碎步跑來以後，朝著站不穩的珂朵莉瞥了一眼。

「不過這樣好嗎？偷看以後才問你也說不過去，但這些是不是人類祕傳的訓練方法啊？」

威廉轉向旁邊，小聲地噗嗤笑了出來。

「怎麼了？」

「哎，沒事，這確實是我師父傳下來的，我可以確定並不普及。」

他輕輕揉了眼睛，然後露出笑容。

「假設說吧，就算這是祕傳功夫，只要傳授的人選是我挑的，就沒有人可以置喙。要是妳們三個做為團隊的綜合實力能提昇，個別的生還機率自然也會提高。怎麼樣？」

艾瑟雅看了奈芙蓮。奈芙蓮「唔」地應聲，然後用打起鬥志——大概——的表情點頭。

接著她們看向珂朵莉。畢竟那是要緊事務必要拜託他肯定比較好不過那碼歸那碼兩個人獨處的時間減少就可惜了坦白講我討厭那樣可是講出來絕對會被消遣反正什麼都不能說……珂朵莉則帶著這樣的臉色點頭。

「……也對。那就麻煩你一下嘍。」

艾瑟雅看似把許多事情放在天秤上秤過，就跟著點頭了。

「好。那就從簡單暖身，還有掌握妳們所有人的斤兩與毛病開始著手。」

威廉撿了幾根掉在地上的木棍，然後各扔一根給在場所有人，並做出宣言。

「全部一起上沒關係。用全力放馬過來。」

2. 五百年

如數字大小所示，六十八號懸浮島是靠近邊境的島。

雖然並不能說那就是原因，不過島上連一座大都市也沒有。廣闊的大森林幾乎覆蓋全土，有大大小小的沼澤零星穿插於森林中的空隙。此外，依附著那些角落，還有獸人蓋了小規模的城鎮與村子定居。

有個像那樣的村子，就位在從妖精倉庫走一小段路，且靠近懸浮島邊緣的地方。

黃金妖精雖被軍方規定禁止自由行動，然而只要是在六十八號懸浮島內，基本上她們去哪裡都是被默許的。

順帶一提，連用妮戈蘭偷偷發的零用錢在村裡簡餐店吃點心，都是被允許的。

「……他到底是什麼構造的生物啊？」

艾瑟雅讓額頭落在桌面上，嘀咕地問。

「別問我……」

累壞的珂朵莉垂著頭，呻吟似的回答。

「啊唔……」

第三個出聲的奈芙蓮則把脖子靠在椅背，眼神空洞地望著天花板一動也不動。

她們維持那樣的姿勢，對話一度中斷。

艾瑟雅緩緩抬起臉。

「他擺著一副輕鬆的樣子，還把我們三個的攻擊全部閃掉了耶。」

「就是啊……」

那是事實。

珂朵莉．諾塔．瑟尼歐里斯。

艾瑟雅．麥傑．瓦爾卡里斯。

還有奈芙蓮．盧可．印薩尼亞。

目前保衛這座懸浮大陸群的三名成體黃金妖精出手攻擊，都被那個男的毫無困難地當面化解了。不管是嘗試各打各的，或者同時進攻，或者嘗試將時間稍微錯開的聯手攻擊，對威廉都不管用。

「他都不會放過我們的破綻，還大舉反擊，而且為了讓我們學會正確的閃躲方式，那些攻擊全部都有花心思對吧？」

「就是啊……」

這也是事實。

她們出招稍有不精，威廉的武器立刻會像蛇一樣來襲。那種攻擊逐一來看並沒有多大威脅，但要是為了閃躲而讓態勢稍有鬆懈，就會硬生生挨中下一棍，他澈底維持著那種惱人的進攻角度與節奏。

如此一來，面對所有攻擊，就被迫得用不會影響到下次閃避的身法來躲招。於是，身體就被逼著學會那套動作了。這可是和出招多的敵人交手時必備的技術，威廉是這麼說的。

「那個人講過，他本來就快死了對不對？而且全身上下都已經傷到光是稍微催發魔力，就會有生命危險的地步。」

「就是啊……」

這當然也是事實。

應該說，昨天早上他就實際出了那樣的紕漏，還徘徊在生死邊緣。

當然，後來他花了二十四小時多一點就完全康復……應該沒有那回事。目前威廉・克梅修的身體狀態依舊沒變，骨頭有裂痕，肌腱消瘦，內臟也還是七損八傷。應該和去了半條命沒兩樣。

「他到底是什麼構造的生物啊？」

「就是啊……」

四度應聲之後，珂朵莉稍稍抬起臉龐。

「據說他的傷勢原本就跟用不用魔力沒關係，理應嚴重到根本無法站起來。不過，因為身體記得各種武術的動作，就能避免對骨頭或肌肉造成負擔，用最有效率的方式活動，他說他就是靠那樣才勉強可以站或走的。」

「在勉強可以站或走的延長線上，還可以把我們操練成這樣喔？」

「恐怕……就是那樣嘍……」

照那樣說來，還真是令人喪失自信。

雖然威廉曾表示：「與人交手最吃重的就是技術與經驗，專精於對付怪物的妳們即使有弱項也不成問題啦。」不過那碼歸那碼，總覺得身為戰鬥兵器的自我認同已經岌岌可危了。

「我倒覺得，他好像是殺也殺不死的人耶……」

「……那肯定不太對。」

奈芙蓮忽地把臉轉向艾瑟雅。

「那個人，大概早就壞掉了。」

她講出衝擊性的意見。

「至少他本人就有那樣的意識。所以，沒那麼容易壞得更嚴重。不過，那肯定也有極限。目前是因為有我們在，才比較——」

「啊？真稀奇耶，妳們三個都累啦？」

當然，來者應該沒有插話的意思才對。不過以結果而言，穿著圍裙的狼徵族(Lycanthropos)就是在那樣的時間點，從店裡探了頭出來。

「倉庫來了個滿有勁的熱血教官啊～」

「我不太清楚是什麼狀況，但妳們似乎辛苦嘍。」

裝了果汁的玻璃杯咚咚地擺上桌。

「咦？我們什麼東西都還沒有點耶。」

「妳們幾個好像都很拚，這是偷偷招待的。要幫我瞞著店長喔？」

珂朵莉的肩膀哆嗦了一下。

艾瑟雅「哦」地抬起臉。

奈芙蓮面無表情地從臉上散發出光彩。

「承蒙好意嘍。大哥，你真是男子漢耶。」

「哈哈哈。」

店門隨著小小的鐘聲開啟。「那妳們慢用嘍。」店員留下這麼一句，然後便露出犬牙到那邊招呼。

這家店掛的固然是簡餐店招牌，但這一帶本來就幾乎沒有可供吃吃喝喝的店，因此店裡也會回應好幾種需求——白天有客人把這裡當咖啡廳，到了晚上也會提供酒。

剛過中午的這個時段，店裡已經坐了幾組客人。用餐的人，單純來喝茶的人。難說是擁擠，卻也不好說是空蕩，生意微妙地興隆……就在這時候。

「哦。」

把目光轉向門那邊的艾瑟雅，發出了好似有所發現的聲音。

珂朵莉被她吸引，也跟著轉了疲倦的脖子看向那邊。

「……啊。」

威廉就在那裡。

「喂～技……」

「等……等一下！我不想在這種地方被他看見！」

珂朵莉急忙制止想揮手叫技官的艾瑟雅。

「累癱了還出來吃外食，說不定會讓他有負面印象！」

「都這時候了，妳在扯什麼啊？那個人就是把我們整得累癱了的當事者耶？」

「話是那樣說沒錯！確實沒錯！可是……！」

珂朵莉放低身子，小聲抗議。

「真受不了妳這個女生。把原原本本的自己展現出來也很重要啊。用不著擔心，那個傻爸中的傻爸，可沒那麼容易就對妳感到幻滅喔？」

「或許妳說得對啦，不過重覆強調傻爸是多餘的，再說我討厭『爸』這個字眼！我又不是小朋友！」

「啊～好好好，既然妳是成熟有風範的妖精兵，就不會吃甜食，也不會在咖啡裡加砂糖，而且早就不讀迎合小朋友的童話（Fairytale）了，對不對？」

唔——珂朵莉語塞了。

「……對啊。妳有意見嗎？」

「沒有啊～妳想從表面工夫做起，我也不會否定喔？」

「又不是妳想的那——」

當珂朵莉打算進一步抗議的時候，就被奈芙蓮用小手擋到嘴邊。

「——蓮？」

「安靜。」

奈芙蓮在自己的嘴唇上，豎了一根指頭。

她用目光指了指門的方向。轉眼看去，有剛才經過的威廉。

「……那是誰啊？」

還有和威廉走到同一桌的貓徵族(Ailuranthropos)臉孔。

白襯衫搭配胭脂色西裝背心。衣著頗為體面。從毛皮光澤來看，不算多年輕。恐怕有三十歲或以上……以他們的壽命而言，差不多剛從壯年進入老年。

「好像……是個沒看過的人耶。」

這個村子絕對不算大。話雖如此，也沒有小到全村居民都是熟面孔。有不認得長相的人在，這一點本身並沒有什麼不可思議。

「看起來，不太像這附近的人。」

聽了奈芙蓮嘀咕，珂朵莉不禁點頭。

簡單說，就是那麼回事。

六十八號懸浮島屬於鄉下，平時幾乎沒有居民會做這種脫俗的打扮……應該說，就珂朵莉所知一個都沒有。

偶爾看到穿成那樣的人，幾乎無一例外，都是來自島外的訪客。而且，大多是來交易商品或更新契約，隸屬於某家商行的商人。

（……外島的……商人？）

有股不安刺痛了珂朵莉的胸口。那樣的人來找威廉，會有什麼樣的事情？

「他們在談什麼咧？」

「呃～……」

珂朵莉試著豎起耳朵。不過，因為店裡略為嘈雜和距離的關係，幾乎什麼都聽不見。要說能搞懂什麼，頂多就是多虧那樣的嘈雜與距離，威廉似乎也沒有注意到她們。

「不行。完全聽不出來。」

「蓮的狀況如何咧？」

「嗯，等我一下。」

奈芙蓮閉上眼睛，將身體稍微湊向威廉他們那邊，然後專注精神。

「……只聽得見一點點。」

「好啦，這種時候就不奢求嘍。繼續吧～」

「嗯，我知道了。」

奈芙蓮又閉上眼睛，專注於兩人的對話。

珂朵莉同樣也閉眼豎耳。感覺像在收集散落於沼澤底部的零錢，要從傳來的聲音及聲音及聲音當中，找出威廉與貓徵族的聲音。

在稍遠的桌席，一群已有酒意的獸人豪邁地笑了出來。聲音的洪流忽然來襲，一瞬間，珂朵莉眼冒金星。隨後，對於笑個不停的那群人，她開始感到怒火中燒。真想當場朝所有人潑水大罵好讓他們安靜，她勉強克制住那樣的心情。

「……聽聞……從四十八號懸浮島……稀有的技術……珍惜……？」

奈芙蓮壓低音量，只說出斷斷續續的語句。

珂朵莉的不安開始在胸口中膨脹。

「古代……輕易……你的……」

「不太能掌握頭緒耶。」

艾瑟雅把頭歪一邊。

結果，她們沒能聽見意思通順的對話。

但即使如此，將奈芙蓮聽見的隻字片語串起來，還是可以透過聯想，去想像其內容。

「果然……那是來挖角的吧？」

艾瑟雅發出咕噥。

「也難怪啦。」

珂朵莉的結論也一樣。威廉・克梅修。在五百年前與大地一同毀滅的「人族」中，最後的生還者兼生存者。如今他則是種種失傳古代技術的體悟者。說來理所當然，他也通曉當時的文化習俗，還有——對食人鬼（Troll）來說，他更是祖先深愛過的頂級主食。

對識貨者來說，威廉是珍貴得不能再珍貴的人才。

「不曉得那位貓先生是從哪裡打聽到的就是了，原本他就不是該在這種地方帶小孩的人。」

「對方曾提到『稀有的技術』。表示說，是來自某座島上的研究機構？」

「可能性很高耶。」

「可……可是。」

珂朵莉無法接受。

說來理所當然，但是威廉若被帶去別的地方，換句話說，等於他以後就不在這裡了。

那樣珂朵莉既無法接受，也無法心服。

「他肯定會拒絕啊！那個人是軍方的二等咒器技官，也是倉庫的管理者！」

「哎，那也不好說啦。技官的確是重感情的人，不過考慮到人才價值，對方開出什麼樣的豐厚條件都不奇怪喔？或許會『砰』地搬出像山一樣高的帛玳紙幣耶？」

說到「砰」的部分時，艾瑟雅還做出爆炸的手勢。

「不會有那種事情！他才不會拋下我……我們！」

「誰曉得咧。用錢買不到人心，不過要讓人變心還是可以的喔？」

「不會有……那種事的。」

珂朵莉想說那不可能。而且，她也想相信。

畢竟，他們才剛約好。她才剛以為彼此心意相通了。她才不希望昨天晚上那段時光，還有交換的心意，都是可以為了錢就出賣的東西。

沒錯。所以，珂朵莉刻意不反駁那個貓徵族是為了僱用威廉．克梅修，才來到這裡的假設。實際上他就是厲害。無論有人出了多高的金額都不奇怪。

然而，他不會接受那樣的東西。他肯定會拒絕。

「畢竟，我已經跟他約——「噓～」唔唔。」

珂朵莉的嘴，被奈芙蓮用小小的手掌捂住。

有動靜了。

在靠近門的桌席那邊，威廉和貓徵族笑容滿面地握了手，然後起身。

「意思是……交涉成立嘍？」

怎麼會。

珂朵莉的呼吸停了。

「不會……吧。」

她無法呼吸。她說不出話。

威廉他們當著三個女生眼前，包含那樣的珂朵莉在內，走出店裡了。

高大的背影遠去，消失在門的另一邊。

「嗯～……這件事要說意外是意外，要說穩當也穩當耶。」

艾瑟雅好似在尋開心也好似傻眼，還用了感到不可思議的抑揚頓挫發出嘀咕。

「唔……」

奈芙蓮微微蹙眉，沒有再多說什麼。另外……

「……這……不是真的吧……」

珂朵莉則獨自陷入了茫然之中。

†

那天傍晚，倉庫裡年幼妖精之一的緹亞忒，在餐廳看見了奇妙的景象。

緹亞忒崇拜的人，也就是她理想中的成體妖精兵珂朵莉·諾塔·瑟尼歐里斯，正對著紅茶杯做些什麼。

「……學姊？」

珂朵莉是大人，大人就是可以滿不在乎地喝苦的飲料。至少緹亞忒如此相信，事實上，珂朵莉從來沒有在喝咖啡或紅茶時加砂糖或牛奶……至少在緹亞忒眼前一直是那樣的。

而現在，珂朵莉加了某種東西到紅茶裡。

怎麼回事啊？如此心想的緹亞忒打算看個仔細。於是她發現了，珂朵莉左手拿的似乎不是砂糖壺。貼在壺側面的標籤上，有小朋友用活潑的字跡寫著「芥末」。

「……學姊！」

當著訝異的緹亞忒眼前，珂朵莉舉起茶杯就口。

她的動作頓時停住。

目光游移，手在發抖，眼角的餘光掃過緹亞忒這邊。從臉上露出的神色，可以感覺到莫名悲壯的覺悟。

咕嘟。

珂朵莉一口氣把那喝光了。

「哇……哇喔……」

緹亞忒亮著眼睛發出感嘆。

不知不覺中緊握的拳頭，已經冒了汗水。

原來紅茶也有那種喝法啊。單純是身為小朋友的自己還不知道，原來大人也會那樣喝。既然珂朵莉學姊親身實行了，肯定就是那樣的——對於剛才那一幕，緹亞忒在心裡如此做了定論。

珂朵莉既沒有慘叫出聲，也沒有在地上打滾，而是優雅地——至少在緹亞忒眼裡是那樣——起身以後，拿著茶壺與茶杯走向取水處。

「好成熟喔……」

緹亞忒用羨慕與尊敬的眼神，目送了那道背影。

†

其實，珂朵莉並沒有真的懷疑。

她了解威廉這個人。至少，她是那麼認為。

威廉會打怪主意，也會策劃莫名其妙的事情，不過他到底還是個敦厚的人。威廉應該不會輕易打破約定，也很難想像他會背叛或拋棄她們。

儘管在腦袋裡，珂朵莉很明白那樣的道理。

只要像那樣信任他就行了，什麼都不用擔心，珂朵莉對此非常理解。

夜裡，略晚的時刻。

小朋友們早已經上床。

自我厭惡、無力感、羞恥、後悔。珂朵莉背負著種種消極情緒，趴在餐廳的桌上。

「有什麼煩惱嗎？」

她抬起臉龐。

「紅茶。就寢之前喝也不會消除睡意的品種。要嗎？」

妮戈蘭單手拿托盤站著。珂朵莉恍惚地仰望對方的臉，妮戈蘭就朝她眨了眨一邊眼睛。

「……嗯。」

喉嚨附近，還稍微留著芥末造成的衝擊。珂朵莉一邊在意聲音有沒有變得怪怪的，一邊微微點頭。

咕嘟嘟嘟嘟──望著淡淡的琥珀色被注入茶杯，感覺就像發生在某個遙遠世界的事。

「還有蛋糕喔。白天我烤的。也有留妳的份。」

「……那我不用了。」

「真的？自己誇自己也滿說不過去的就是了，可是我烤得非常好吃喔！我還不打算把家裡孩子們的胃讓給威廉照料呢。」

咚。盤子被擺上桌。

微微散發的香甜氣味，輕撫過珂朵莉的鼻尖。

好可口的樣子，她心想。

先前灌了辛辣紅茶而鬧不舒服的胃，咕嚕嚕地發出苦悶似的哭訴聲。

「我才不是小孩子。」

珂朵莉逞強地如此回答。

「在講那種話的期間，妳就還是小朋友喔？」

「……不會吧。那要到什麼時候，我才能成為大人呢？」

「我想想喔。會不會是在妳認真說出『真想變回小孩子』這種話的時候呢？」

那是什麼道理嘛。

想成為大人的期間算小孩子。變得想回到童年的話就是大人。那不就表示無論經過多久，都無法成為期望中的自己嗎？

「趁現在吃一吃，有什麼關係呢？反正又沒有別人在看。妳還年輕，偶爾也要讓自己露出小孩樣，不然就太浪費了喔？」

「……唔。」

珂朵莉懷著複雜的心境，把臉埋進交抱於桌上的手臂。

「欸。珂朵莉，妳還記得杜佳嗎？」

「咦？」

突然說些什麼啊？她心想。

「那還用說……嗯，當然記得。」

杜佳．可古．羅斯奧雷姆。以前曾經在這裡的妖精兵之一。如姓名所示，適用的遺跡兵器為羅斯奧雷姆。

她比珂朵莉大三歲。有著深綠色頭髮，以及相同色澤的眼睛。嘴巴大大的，咧嘴一笑就格外有魄力。個子很高，當時珂朵莉一直都是從腳下仰望她的臉。

還有，兩年前，在九十六號懸浮島與〈深潛的第六獸〉交戰的過程中，杜佳開啟了妖精鄉之門……刻意讓魔力失控，陣亡了。

「奧露可呢？」

「記得。」

奧露可．洛斯．伊格納雷歐。比杜佳還大上一歲的妖精兵。適用的遺跡兵器為伊格納雷歐。比杜佳早了約一個月，在別的戰場上與〈獸〉交戰而喪了命。

「克菈琪亞、愛荷露、卡特莉艾拉。」
「……記得。」
陸續被提到的名字。
那些也一樣。都是以前曾經在這裡，離開這裡以後，就沒有再回來的妖精兵名字。
「她們都是好乖的孩子。」
妮戈蘭一邊也朝自己的杯子倒紅茶，一邊說道。
「所以呢。說實話，我根本不想將她們任何一個送出去。那是我的工作，就算要任性也不能怎麼樣，整座懸浮大陸群和幾個女孩子的命，根本不能放在天秤上比……我始終這樣告訴自己，可是，我一次也沒有釋懷過。」
「妮戈蘭。」
「不曉得是不是我一直重複那種過程的關係。對於無法釋懷地把孩子送出去這一點，就覺得習慣了。」
妮戈蘭聳了聳肩，吐出舌頭，害羞似的笑了。
笑給珂朵莉看。
「對於妳們的戰鬥，我本來也打算像那樣。裝成懂是非的大人，笑著揮手送妳們。想哇哇大哭的心情，在小孩子們面前要一直藏起來。無論如何都忍不住的時候，就吃熊撐過去好了。」

「……熊？」

珂朵莉覺得聽到了奇怪的詞。

「是啊，我做過許多嘗試，不過還是熊最好。在狩獵過程中可以忘記討厭的事情，調味起來也有勁，又具備份量。」

「什麼意思？」

「不只是身體，心靈的營養也是可以從美味食物攝取到的喔。」

「等一下。」

珂朵莉覺得她們原本談的並不是那回事。

「其實我想吃的是妳們，可是那樣就本末倒置了。其實我更想吃的是人類，可是又沒有得到他本人的允許。」

「我說真的，等一下。」

珂朵莉越來越覺得她們原本談的不是那回事。

「……這麼說來，我肚子餓了呢。」

「先不提那些了。」

珂朵莉硬拉回話題。

「妳到底想談什麼呢，妮戈蘭？妳的意思是已經不希望再看我們上戰場了嗎？」

「嗯……話是那麼說沒錯，但不完全是那樣。」

妮戈蘭手法老練地替自己的紅茶加牛奶。

打轉的茶匙。呈螺旋狀交相混雜的白與琥珀色。

「老實說，我還沒有定下主意。威廉對妳們揭示的希望，是不是能相信的呢？或許非要開門才行，或許不開門就可以了事，還不曉得結論會是哪一邊……」

茶匙抽起。

「隨便就抱持期待，被辜負時會很難過的。若是那樣，從一開始就死了心去獵熊，心裡受的傷也會比較淺。對吧？」

說起來，確實是那樣沒錯。除了關於熊的那一段，珂朵莉都能同意。

「妳的也要加嗎？」

「咦？」

「牛奶和砂糖。」

「……不用。」

珂朵莉把臉別了過去。

「哎……坦白講，那就是我目前的想法。不熟悉的希望突然擺到眼前，會覺得困惑。」

兩人又聊回正題。珂朵莉「嗯」地用鼻子應聲。

「然後呢。我在想，妳們身為當事者，感受到的困惑大概會比我更加強烈吧。」

沉默。

「因為要讓心裡想得開，並沒有那麼容易。就算腦子裡決定要相信，也會因為一點小狀況就變得搖搖擺擺。其實應該無所謂的事情，有時候也會一直放在心上，變得怎樣都忘不掉。」

沉默。

「出了什麼事嗎？」

——啊，總算切入正題了。

「……沒什麼。」

珂朵莉依然把臉向著旁邊回答。

「沒有什麼……值得放在心上的事情。」

「發生了原本不用放在心上的狀況，對不對？」

「……我沒有那麼說。」

正中紅心。

「那讓妳感到介意，對不對？」

「我沒有介意。」

「妳不必那樣賭氣啊。」

「我沒有賭氣。」

「以前的人有說過喔。希望相信什麼的心意，跟還沒有打從心裡相信的事實是一體兩面。不過那並不是可恥的事情。正因為還沒有打從心裡相信，才會想知道更多關於對方的事情。正因為如此，自己的心才能一直動個不停喔，以前的人就是這麼說的。」

「我沒聽過。」

「妳想了解關於威廉的事情，對不對？」

「我不……」

珂朵莉硬把話吞了回去。

「……妮戈蘭，妳知道些什麼嗎？」

「誰曉得呢。沒有先聽過出了什麼事，大概也說不準。」
哎喲，真是的。
不行啦。總覺得怎麼說也說不過她。
只會故作成熟的小孩，還有真正的大人。孰高孰下，肯定從一開始就能看出來了。
「呃，比方說喔。」
珂朵莉先開出但書。
「我只是打個比方喔。假設從其他懸浮島，來了個想僱用威廉的人。」
「哎呀，談那個啊。」
「妳覺得，威廉會接受嗎？」
「嗯～……」
妮戈蘭想了一會兒。
「妳是指拋下這間倉庫，然後跑去其他地方嗎？」
「對。」
「我想就算球形族(Ballman)人跌倒了，也不可能發生那種事耶。」
是那樣沒錯。提問的珂朵莉自己也抱持相同意見。不過，就算那樣。

「可是，假如條件非常好，說不定還是有可能的啊。」

「唔～比方說呢？」

珂朵莉想了一下。

「像簽約金之類的！」

「怎麼可能啊～」

妮戈蘭嘻嘻哈哈地笑了。

「妳曉得吧？他並不是用錢就能打動的人。」

「…………嗯。」

哎，這個嘛，該怎麼說呢？完全沒辦法否認。

「雖然他好像不是沒有物慾，思維上卻有主動把那些割捨的調調呢。因為那樣，也害葛力克吃了不少苦頭。」

儘管冒出了不認識的名字，珂朵莉對意見本身仍是同意的。

「呃……那麼，有姿色的美女呢！」

「哎呀。那我們倉庫不就更沒有理由輸掉了嗎？」

……哎，這個嘛，該怎麼說呢？感覺並不好判斷耶。

「比如像過去的朋友！或者情人！」

「他已經孑然一身到極點了喔。何況，就算他在二十八號島有那樣的對象，難道他寧可拋下眾多心愛的女兒也要去見對方嗎？」

關於這一點，到底還是無法想像。

「我想，妳乾脆問他本人就好了嘛。你要丟下我們跑去找其他女人嗎～？就這麼問。我猜他大概會毫不保留地全部告訴妳喔？」

「嗯……」

大概那樣做就行了，珂朵莉心想。她也覺得那大概就是正確答案。

可是，她不覺得自己辦得到。

自己所怕的，應該不是懷有不安這件事本身。而是害怕目前位於胸中的這份不安會化為實體。因此，自己才無法好好地正視，無法向前跨步。

「紅茶要加牛奶嗎？」

「嗯。」

「砂糖呢？」

「嗯。」

「要吃蛋糕嗎？」
「嗯。」
珂朵莉拿到的紅茶非常甜，而且，有點溫溫的。
「……可不可以，讓我問一件事情？」
「什麼事呢？」
「妮戈蘭，妳有想過要變回小孩子嗎？」
「呵呵。」
她曖昧地笑了笑。
被含糊帶過了。
「沒有那樣問的吧。」
大人好狡猾，珂朵莉如此心想。而且，只要自己還這麼想，大概就表示自己還是小孩吧……她也冒出了這種悲觀的看法。
「……唉。」
珂朵莉把切塊盛在叉子上的蛋糕送進口中。
甜味強勁的烤乳酪蛋糕。幸福的滋味在舌頭上擴散開來。

3. 沒有名稱的感情

訓練第二日。今天的天氣是陰天。

儘管天色看起來隨時都會下雨，即使如此，對訓練而言並沒有不便之處。

先聲明，即使如此，珂朵莉仍以她的方式盡力了。

差點變得散漫的思考，差點迷茫的眼睛，差點各自運作的手腳，她都拚命管住了。她將渙散的注意力聚集起來，勉勉強強做出樣子。

所以，訓練還算有模有樣。

然而在威廉要求到極限的訓練中，「還算有模有樣」的注意力根本不夠。木棍沒躲掉，肩膀、側腹、下腹、腿肚就被打個正著——不曉得威廉是怎麼留手的，幾乎感覺不到疼痛或衝擊，但是平衡失去以後就沒有回來，珂朵莉手足無措地當場摔了一大跤。

「今天的訓練到此為止，之後要好好休息……」

威廉一邊這麼交代，一邊用「妳到底怎麼了？」的態度探頭看來。

「賣力歸賣力，動作卻在緊要關頭就會出錯。昨天妳還練得好端端的吧？」

珂朵莉無法直視他，把臉別向旁邊。

她懂。她有自覺。

威廉所說的「有效率的活動方式」，要在身體學會以後能反射用出來，才會有所發揮。然而在掌握那一套以前，非得花下充分的時間，讓自己身體習慣有所意識的動作才行。

在這種心情亂七八糟，連自己在想什麼都搞不清楚的狀態下，就只能展現出連自己都搞不懂在做什麼的身手。

「從昨天到今天，妳多了什麼煩惱嗎？」

聽見那句話，珂朵莉的血頓時衝上腦袋。

「吵……」

「吵？」

吵死了吵死了基本上憑什麼由你來問你有臉問嗎對啦就是那樣煩惱會增加都是某人害的既然你可以察覺到那些就不要只顧一半起碼也要發現原因出在自己身上嘛還是說真的就是我想的那樣你真的打算從這裡離開所以都不在意嗎？

可以來拯救嗎？

沒辦法好好地把話說出來。

話說不出來，想法就會在心中反覆迴蕩，然後逐漸膨脹。

自己現在應該滿臉通紅吧，這種不必要的自覺便隨之而生。

「怎麼了，站不起來嗎——」

威廉伸過來的手，為情緒扣下了扳機。

「吵白痴！」

喊了些什麼，連珂朵莉自己都不太清楚。

她只管蹦起身，然後用全速奔離。

在珂朵莉留下滾滾塵土的同時，她的背影就消失不見了。

「她在搞什麼啊？」

威廉目瞪口呆地目送其背影，並且嘀咕。

「世上也有技官不知道比較好的事喔。」

倒在威廉腳邊動不了的艾瑟雅，說得就像在教小孩一樣。

「煩惱多多的年紀。」

同樣倒在地上的奈芙蓮則像在搶詞。

威廉歪著頭依序咀嚼她們倆的話，結論就只有一句。

「我還是不懂年輕女生。」

「真是合乎期待的反應耶……」

語氣傻眼的艾瑟雅吆喝一聲，將上半身撐起。

「技官，我想你不用去追她也沒關係喔。」

「嗯？」

原本正準備追在珂朵莉後頭的威廉停下腳步，然後回頭。

「呃，一般來說，那種狀況放著不管應該不妙吧？」

「那個女生有獨自攬著煩惱的毛病啦。她的本質是個能幹的努力家，就算多攬一些煩惱，以靠骨氣和毅力還是能解決任何問題。不過要是超出容量限制，她就會像那樣『哇呀啊～』地鬼吼鬼叫。」

「……原來如此，『哇呀啊～』地鬼吼鬼叫是嗎？」

威廉似乎心裡有數。他特地重複那句話，還看似若有所思地點頭。

「基本上她是個腦筋靈光的女生，所以遲早會冷靜下來，重新面對自己的情緒。至少發飆也不能解決問題這一點，她是可以自己發現的。」

「原來如此……」

威廉瞇細眼睛。

「真是豁達的意見，不過妳們哪一邊比較年長？」

「呀哈哈，不要提那個啦～」

艾瑟雅緩緩起身。

「所以嘍，技官，與其照顧那個女生，我倒希望你先解決這邊的問題再說，如何？」

「問題？」

「就是公布謎底啊。」

艾瑟雅壓低聲音。

「畢竟這件事情拖泥帶水地耗下去，好像也不會變得有趣。雖然珂朵莉問都不敢問就像那樣逃走了，不過昨天那條伏筆，你打算怎麼作結呢？能不能請你趕快招出來？」

「啥？昨天的伏筆？」

威廉帶著一副不曉得她在講什麼的臉，把眉頭皺了起來。

「…………」

奈芙蓮不曉得有沒有在聽他們互動，早就放棄爬起來的她，正茫然地獨自望著陰鬱的天空。

†

在森林裡較深的地方，珂朵莉停下腳步。

她回頭。儘管心裡期待過，威廉卻沒有追上來。

或許她被拋棄了。如此恐怖的想法襲上心頭。像她這種莫名其妙又麻煩的小朋友，威廉才不可能永遠照顧下去。或許他是那樣認為的。

不可能會那樣的，珂朵莉心想。

可是說不定就是那樣，她心想。

不安是會無可奈何地湧上的，珂朵莉知道這一點。即使備有再怎麼無懈可擊的道理及理性，也都發揮不了效果。頂多只能用於抹去湧上的不安，或者加以抑止。

珂朵莉想起在集合市場街（Market Medley）遇見威廉時的事。

她想起威廉被潘麗寶撲個滿懷，結果跌得溼漉漉的那次重逢。

她想起威廉和小不點們玩得滿身泥巴，還有穿著圍裙在廚房準備甜點的模樣。

她想起自己在醫務室，把之前懷有的情緒對威廉發洩出來時的情形。

在那之後……怎麼說好呢？總覺得連回想都會不好意思，呃，像是被他摸遍全身時的事……呃，還有，還有就是——

（……我是從什麼時候開始有這樣的心情呢？）

她認為從第一次見到威廉的那時候，自己就對他有好感了。

後來，隨著對威廉的性格與過去有所了解，她覺得自己也開始抱有同感、尊敬、同情、憧憬之類的情緒。

然而，關於更進一步的感情，就不好說了。不知道有哪個場面，可以讓她斷言就是這一瞬間點燃火花的。

珂朵莉試著思索，卻想不出來。

她想起之前讀過的書裡有這麼一段。戀愛是無底沼澤，回神時就已經陷進去了。而且再怎麼掙扎都無法脫離。

——啊，原來如此。所以說，這就是那麼回事嗎？

要問是從哪一刻開始，她答不出。回神過來時，就變成這樣了。

在讀書室裡被艾瑟雅和奈芙蓮消遣的那時候；從魔力中毒的症狀醒來，對他哭訴的時候；想強吻他卻被溜掉的時候。

從最初就存在的心意，每天都一點一滴地在改變模樣。

一邊改變模樣，一邊不停膨脹，直至今日。

或許已經嫌太遲就是了。

如果跟別人提起，說不定會讓人傻眼。

珂朵莉．諾塔．瑟尼歐里斯開始戀愛了。

少女總算替自己心中的那份感情取了名字。

4. 灰髮妖精的情形

那麼，在此要穿插一些軼聞。

關於奈芙蓮・盧可・印薩尼亞這名少女。

黃金妖精……應該說凡是所謂的妖精，都屬於一種自然現象。這表示，嚴格來講它們並不是生命。因此，它們不需要由父母生育。妖精會在類似森林中這種少有他人目光的地方自然而然地誕生。接著，只要順利受到護翼軍相關人員的保護，就會被帶到妖精倉庫培養成不折不扣的兵器。

而且，妖精們大多記得自己剛誕生時的情形。記得從無變為有的那個瞬間，以及自我開始存在的頭一段記憶。

尚未擁有自己心靈以前的原始衝動。或者說，也許那就是妖精的構成材料「幼童靈魂」，於臨終之際懷在心裡的最後一份感情。

而以奈芙蓮·盧可·印薩尼亞的情形來說，那則是先天性寄宿於內心的莫大虛無感。

這個世界即將毀滅，因此是否隨時都有可能消失的不安；目前確實存在於那裡的事物，一旦閉上眼睛，再次睜開時是否就會失去的不安；立足之處是否隨時會瓦解，因而跌落黑暗中的不安；更重要的是，名為奈芙蓮·盧可·印薩尼亞的人格本身，是否也會一下子就四分五裂，溶於風中並消失於天空的不安。

當然，被那種想法牽著鼻子走，也只是出生後沒過多久的事情。隨著身體與心靈成長，衝動本身就逐漸淡化，心裡也變得可以妥協了。

然而，曾經抱有那種不安的記憶並沒有消失。

那仍銘記在少女的深處，不停勒著她的心。

無法對世上萬物帶有感情。因為那是隨時失去都不奇怪的東西；無法對世上萬物抱有愛情。因為那是隨時消失都不奇怪的東西。

而且——某方面來說，這也可以稱為符合妖精作風的特徵就是了——對此刻存在於這個世界的自己不抱執著。那肯定是因為，她簡直虛無到存在本身就是個錯誤的關係。

名為威廉·克梅修的男子來到倉庫。

起初，奈芙蓮對他並沒有多大興趣。雖然他好像想賴在倉庫裡，終究只是幫軍方跑腿的人，八成不會有什麼作為吧，八成很快就膩了吧，奈芙蓮想得很簡單。

看來自己想錯了。奈芙蓮在幾天內發現了這一點。

終究只是幫軍方跑腿的人。以文件上記載的事實而言，那應該沒錯。然而不知道該怎麼說才好，當事人似乎完全沒那個意思，他對原本的職務似乎既沒興趣也無義務感，看待無徵種孩子的目光也莫名溫柔。

此外，還有一點。總覺得珂朵莉對著他看時，眼裡一直都帶著妖精不該有的奇妙色彩，對此奈芙蓮當然也注意到了。

『蓮，妳也對他有興趣？』

『我覺得他是個不可思議的人。』

當時回答艾瑟雅的那句話，說到底，就是奈芙蓮在當時的率直想法。可以預見的是，他似乎會為這座妖精倉庫帶來某種變革……不僅如此。待在他身邊，奈芙蓮就會有種無法把目光移開的奇妙感覺。

於是，到了現在。

妖精倉庫的屋頂上，奈芙蓮把手肘擱在扶手，茫然地望著星星。

萬里無雲的夜空，看起來簡直像無底洞。光是望著那片天，就能讓身體沉浸於好似在黑暗中不斷墜落的感覺。

奈芙蓮覺得這樣的時間適合思考。同時，她也覺得這樣的時間適合無所事事地什麼都不想。

「會感冒喔？」

披肩被輕輕擺到奈芙蓮的肩上。

回頭看去。高個兒的女子——妮戈蘭笑容婉約地站在那裡。

「妳有什麼煩惱嗎？」

「唔……看起來像那樣？」

「這個嘛。一直都在關注年輕女生的我，有聽見直覺正用力發出那樣的警訊呢。」

得意的笑容。

「既然妳在看星星，表示還是跟以往那種不安有關嗎？以前妳的說法是世界快要毀滅了。」

「唔……妳的直覺對了，但不是那樣。」

該怎麼說明呢？奈芙蓮稍作思索。

「是關於威廉的事。」

「哎呀。」

「我覺得，他有雙不可思議的眼睛。明明是初次見面，我卻一直有似曾相識的感覺。」

「哎呀哎呀。」開心似的語氣。「難道說，妳也對他一見鍾情？」

「不對。」

她斬釘截鐵地立刻回答。

「不是那樣的。我想，他大概，跟我一樣。」

「……啊。」

短暫沉默。

妮戈蘭來到奈芙蓮身邊。這裡的扶手是配合妖精身高設置的，和高個兒的她一比就顯得小巧玲瓏。

「那個人相當清楚，世界根本就不穩固。他也實際體驗過，只要稍微移開目光，一切都會消失不見。對於自己是什麼人也一度感到迷失，到現在仍未找出答案。」

何況，和單純把感情從前世帶過來的奈芙蓮相比，想必那會更加沉重而辛酸才對。

他實際失去了以往生活的整個世界。一度閉上眼睛，然後再睜開，那段空檔就讓一切都消失了。

「然而，他在笑。明明既沒有忘掉，更沒有克服不安。他仍背負著一切，還一副開心的樣子。不只身體。明明他連內心都滿目瘡痍，即使隨時壞掉也不奇怪才對。」

奈芙蓮緩緩地搖頭。

「我不知道，該怎麼對待他。」

「是嗎？」

妮戈蘭微微點頭。

「蓮，妳想怎麼樣呢？」

「我在猶豫，不知道該怎麼做才好。」

「我談的不是妳要怎麼做，而是妳想怎麼做。」

「……我不太清楚。」

從以前，奈芙蓮就不習慣抱持期望。假如是照吩咐做事或者奉命行事，那她都可以。不過，要憑著本身意志及欲望做些什麼的話，頓時就會變得動作遲緩。

「……蓮，妳喜歡威廉嗎？」

「剛才我也回答過了，不是那樣。」

「沒有，我不是那個意思。不必從身為女孩子的角度來想，在更廣泛的意義上，妳覺得自己有辦法喜歡他嗎？」

奈芙蓮煩惱了一會兒。

「至少，我並不討厭。」

「既然如此，能不能麻煩妳陪著他呢？」

不可思議的要求。

奈芙蓮忍不住認真地探頭看向妮戈蘭的臉。

「什麼意思？」

「與其一個人獨處，兩個人相伴心裡會比較踏實。假如彼此懷著相同的心情，就算只是陪在身邊，肯定也能相互支持的。」

「是那樣嗎？」

「就是那樣喔。」

奈芙蓮試著回想。短短幾天前，在那間資料室的事。

為什麼自己沒辦法對獨自與成堆文件搏鬥的他棄之於不顧，還主動搭話呢？為什麼不經意就幫了他的忙？之所以忙不習慣的工作忙到精疲力盡，睡在他腿上的原因是——甚至從那段時間感受到確實的安寧又是為什麼？

若是懷有相同心情的人，就能相互支持，妮戈蘭是這麼說的。那表示，只要待在他身邊，奈芙蓮．盧可．印薩尼亞同樣也會得到心靈上的支持嗎？

「雖然不甘心，但是在那層意義上的心靈關懷，我辦不到。蓮，如果妳肯幫忙，我會很欣慰。」

「嗯……」

奈芙蓮仰望星空。

她遙遙探視隨時伴在這個世界左右的壓倒性巨大空虛。

「我明白了。我會在能力範圍內，試著從錯誤中摸索。」

奈芙蓮將目光向著天空，將意識放在高處，這麼做出回答。

「謝謝妳。」

食人鬼的溫柔嗓音，聽起來近在身邊。

遊戲室。

奈芙蓮發現威廉正和緹亞忒她們圍著升官圖畫冊嬉戲。

（試著陪伴他……）

因此，她就貼到了他的背後。

「……怎麼了？」

威廉把頭轉過來問，奈芙蓮便回答。

「我在做小小的實驗。不用在意。」

「是嗎？」

不知道威廉是怎麼接納的，他點頭以後就沒有再多追究。

奈芙蓮重新試著確認自己在那種狀態下的心情。嗯。的確，感覺不壞。而且，要是被黏著的威廉也覺得心情不錯，說起來就還滿有效率的不是嗎？

「呀哈～！」

大概他們那模樣看起來挺好玩的關係，可蓉就撲了過來。

「我跳！」

大概是覺得這幾個人值得一鬧的關係，潘麗寶也騎了上來。疊了這麼多人，之後就快了。迦娜來了。阿爾蜜塔來了。吉妮葉特來了。她們發出樂孜孜的怪吼怪叫跳上來，逐漸往上越疊越高。

畢竟她們都是小朋友，一個個並沒有多重。不過人數一多，難免就又重又吃力了。

「唔喔喔喔喔！」

威廉發出慘叫並且發抖。

奈芙蓮忽然察覺到目光，把臉轉向走廊。

珂朵莉站在那裡。

『真是沒辦法耶。』

『你們在做什麼？』

『哎喲，瞎鬧過頭的話，對小朋友的教育不好吧。』

——奈芙蓮的腦海裡，浮現了好幾種感覺就像對方會講的話。然而，珂朵莉察覺她的目光，就默默地轉身了。她碎步跑向房間離開。

「……唔。」

看來，珂朵莉那邊也還沒有從複雜的心境中掙脫。

奈芙蓮也有想到，或許過去打個圓場比較好，但她現在是這座妖精塔的基底之一。身體動彈不得。

「唔喔喔喔喔喔喔！」

「噢噢噢～」

「好高好高！」

儘管全身都頻頻發抖，威廉仍然沒被壓垮，還用背脊與肩膀撐起了小小的妖精。無論心靈或身體，明明都保持在將近崩潰的狀態。他卻裝得一派從容，還打趣地露出笑容，其實他應該非常難受才對的。

（…………嗯。）

可以的話，不希望這個人壞掉。奈芙蓮如此心想。

所以，她要盡自己所能，陪他撐下去。

奈芙蓮閉上眼睛，如此下定決心。

「哎呀？哎呀哎呀哎呀，你們好像玩得滿開心呢！」

奈芙蓮睜開眼睛。這次，走廊上有妮戈蘭的身影。

對方將雙手指頭開開闔闔，並且陣陣逼近。

「可不可以也讓我湊個熱鬧？」

「不，慢著。妳再考慮考慮。那我實在消受不了。」

威廉將近認真的懇求，她也沒有聽進去。

「來嘍～！」

「住手！」

威廉用幾乎就要哭出來的聲音大喊。疊得像山一樣的妖精開心地哇哇大叫。

「…………」

自己要盡其所能，陪他撐下去。否則，不曉得這個人會在什麼時候，以什麼樣的形式崩潰。

奈芙蓮陪著威廉成了妖精的肉墊，同時也眼花撩亂地再次將那樣的決心銘記於心。

5. 貓徵族男子

按理講，算來是特訓第三日的早晨。

珂朵莉用冷水在洗臉。

冷靜下來，她心想。

對情意有自覺了，以個人而言這是滿大的進步。不過要是換個說法，那終究只是極為個人性質的心態問題，被那牽著鼻子走而給周遭添麻煩並不好。要再補一句的話，讓艾瑟雅或妮戈蘭用關愛眼神看著自己被那牽著鼻子走的模樣，會讓珂朵莉相當排斥。

一想到威廉，臉就會熱起來。她藉著用力潑冷水，硬是將那股熱度趕走。

威廉說不定會被島外的商人（推測）挖走而離開這裡——關於那件事，珂朵莉也已經有冷靜思考的寬裕。妮戈蘭說得對，問當事人就行了。現在的珂朵莉，有足以踏出那一步的勇氣。

「喂，可蓉！要好好洗臉！」
「會冷啦，不要！」
「我完全同意，這麼冷的日子根本不會想碰冷水呢。」
「喂，妳……妳們兩個！不可以溜掉啦！」
耳熟的聲音跟平常一樣大呼小叫地鬧著。鬧哄哄的腳步聲「噠噠噠噠」地從背後的走廊跑過。
這大概是自己出面的時候了吧，珂朵莉心想。
先回頭，然後「喂！」地喝一聲。趁吵鬧的當事人們——緹亞忒她們四個都停下動作，就把雙手湊在腰際，擺出威嚇的架勢。不可以在走廊奔跑。洗臉和刷牙都要確實做好。小朋友說不定會模仿妳們幾個吧。
沒錯。表現得跟平時一樣，找回平時的自己吧。她打定主意。
當珂朵莉用毛巾擦完臉，準備回頭的時候，在視野一隅，身穿大衣的威廉·克梅修便映入眼裡。他穿著平時那套軍服，還搭配有事外出時的大衣。
「……啊。」
好帥，珂朵莉一瞬間冒出了這樣的想法。

情意實可畏，難道一旦蘊藏於心，這麼容易就會蒙蔽眼睛？以往目睹過好幾次，應該已經算看慣的威廉外出用裝扮，有那麼一瞬讓她看得入迷。

然後在下一刻，異樣感讓心頭晃了起來。有什麼不對勁。

「……咦？」

已經快要到每天訓練劍技的時間了。

而且，至少從這兩天的慣例來看，那種訓練是穿著一點也不時髦的訓練服來進行。

（難道說……）

威廉外出的打扮與訓練時完全不同。他打算去哪裡嗎？他打算去做些什麼嗎？難道，難道……

理應剛剛才克服的不安，又捲土重來地抬起頭了。

種種想法都從腦子裡飛走了。珂朵莉緊握著擦過臉的毛巾，用全速在走廊上跑。

「喔。」

威廉抬起臉龐。

「來得正好，我有事要說。今天的訓練休息，休養身體並培育肌肉吧。」

珂朵莉聽不進去。

在威廉眼前緊急剎車的她，神色嚴肅地抬起緊繃的臉孔。

「嚴禁自己做訓練。還有，再怎樣都別催發魔力喔。那有礙健全的高效恢復——」

「你要去哪裡？」

珂朵莉用了像是從地獄底部響起的超低聲音問。

「有些小事要處理。我出門一趟。」

威廉回答以後，就把視線移向玄關。珂朵莉也跟著看向那邊。有個似曾相識的貓徵族男子站在那。對方察覺到她這邊，便拿下帽子簡單致意。

「不——」

珂朵莉的身體又自己動了起來。

她闖進那兩人之間，伸開雙臂擋住威廉的去路。

「哦？」

「不行！你別走！」

「啊？」

「求你別走！我們約好了吧，你說過你會等我！我會努力的！我會努力，然後好好地回來！所以……！」

提這個會有所重複，但事情發生在早晨。

早晨就是為了準備一日之始，每個人都會匆匆忙忙地出房間的時段。

「我不能沒有你！沒有你，我肯定不行的！我會沒辦法戰鬥，沒辦法贏，也沒辦法回來！沒有你在的話，我就不行了！」

支離破碎。珂朵莉任由情緒把話擠出來。

原本在洗臉的妖精，在走廊到處奔跑的妖精，還有搬洗衣籃的食人鬼，全都注視著珂朵莉。

「……呃～」

威廉目光左右游移，還一頭霧水地搔了搔臉問：

「妳在講什麼？」

†

那隻貓……訂正，那名男子叫樂米凱洛迪．利馬謝迦。

據說他出生的故鄉是這座懸浮島，但因為夢想在都會中生活，就在近二十年前出外闖蕩。後來，如同珂朵莉等人的推測，他到了十三號懸浮島當菸草商。由於生意天分及運氣皆具，他的事業似乎以成功作收。接到母親死訊則是上個月的事，而那成了契機。他把以往經營茁壯的商行託予年輕人，然後用公家聯絡艇與私營的渡船(Ferryman)回到了六十八號懸浮島。

在睽違二十年的老家，有面掛鐘不會走了。

那是滿載了他與家人回憶的寶貴物品。

有形之物遲早會壞，這是理所當然的事。長久以來根本都放著故鄉與家人不管，活到現在才要講回憶，或許也嫌厚臉皮。即使如此，樂米凱洛迪還是希望能再聽一次那面鐘的響聲。

「妳想嘛，說是掛鐘，裡面也藏有挺複雜的裝置。」

在利馬謝迦家的接待室。

「啪」地掀蓋以後，底下確實如威廉所說，可以看見發條、螺絲和齒輪塞得密密麻麻。

「…………」

珂朵莉默默不語。

「何況它的動力沒用到晶石，屬於只靠機械裝置運作的舊世代款式。找外行人出手也拿這東西沒轍。」

威廉一邊說，一邊靈巧俐落地將幾塊零件逐步拆下。生銹的齒輪，歪掉的軸，缺角而發揮不了功能的音梳。

「……………」

珂朵莉默默不語。

「即使如此對方還是想設法修好，妮戈蘭就跳出來報了我的名字。反正我好像多才多藝，說不定連機械裝置都會修，聽說她的介紹詞就這麼離譜。」

介紹詞固然離譜，實際動手修給大家看的這個男的也半斤八兩。這不是外行人碰不得的嗎？但他本人的說詞是「跟修理遺跡兵器比起來就跟小孩的玩具差不多」，真想讓世上所有技師都聽聽。聽的時候，最好也讓那些技師手裡都握著尺寸方便用來扔的石頭。

「……到此為止的事情，我應該都和艾瑟雅她們交代過就是了。」

「咦？」

「是她們要我招的，在昨天訓練過以後。妳沒聽說嗎？」

「頭一次聽見。」

珂朵莉猛然瞪向艾瑟雅。

艾瑟雅轉移目光以後，便「呀哈哈」地乾笑。

「……這是怎麼回事？」

「哎呀。我覺得瞞著妳大概會有比較有趣的發展啊。」

「喂！」

「看嘛，多虧不知情的關係，妳不就變坦率了嗎？感覺不錯喔，剛才那段告白。我本來還期待妳會多衝一兩步，像是抱上去或者把人推倒之類的，反正事情有看頭，妳的心意應該也順利傳達給技官了，結果可以算皆大歡……」

艾瑟雅投降般舉起的雙手……

「才沒有！」

「……是喔。」

遺憾似的放下。

「即使不用妳多事，我也一直都是坦率的！我的心意都有傳達到！」

「呀哈哈哈，別生氣別生氣。好了啦，妳笑一笑會比較有魅力喔～？」

「誰笑得出來啊！」

艾瑟雅逃跑。

珂朵莉追趕。

「喂，妳們別在人家家裡鬧得太凶。」

威廉眼睛不離機械裝置，還心思不太專注地唸了她們幾句。

奈芙蓮站在他旁邊，嘆了一小口氣。

「抱歉，樂米先生。吵到你們家了。」

「不會不會。以往安靜太久了，熱鬧點比較能讓這個家開心。」

貓徵族男子說完，便和藹地瞇起琥珀色眼睛。

「她們都是你的女兒嗎？」

「呃，是啊。」

威廉一邊搔著臉，一邊回答。

「雖然沒有血緣關係，但她們都是重要的家人。」

「這樣啊。」

貓徵族點頭感嘆。

奈芙蓮默默仰望威廉的側臉。

艾瑟雅還在逃跑。

珂朵莉仍追在她背後。

拆下壞掉的零件，把聽說是剛弄來的新零件換上去。

修理工作結束。

時間正好接近下午兩點。

「……唔～」

珂朵莉羞得臉紅。

在她旁邊，胡亂撥著頭髮的艾瑟雅一副毫不愧疚地說：「是我不好啦～」

「好啦，順利的話，這樣應該就成了……」

秒針與長針，在正上方的位置重疊了。

「咯」的微微聲響。間隔片刻，金屬音梳彈奏出來的豐滿音色，便從共鳴箱之中盈現而出。

「好。」

威廉用力點頭。

「哦……挺漂亮的音色耶……」

頭髮亂糟糟的艾瑟雅，用了認真似的語氣嘀咕。

「這首曲子，記得是……」

她聽過。

某座懸浮島自古傳下來的童謠，記得大陸公用語的曲名叫……

「……『欲歸之處』。」

對，就是那名字。

歌詞浮現於心。古老又古老的戰爭之歌。

歌裡提到，在遠離故鄉的戰場上，有個士兵修了封信給家人。

內容有對父母的感謝。

有對弟妹的親情。

有對從小一同生活的人們的深厚感情。

在故鄉土地有許多想做的事，因此，儘管或許會花些時間，但他必定會活著回去……

如此收尾後信就結束了。

結果那封信是否寄了出去？那個士兵到底有沒有成功返鄉？歌裡都沒有談到。

「……謝……謝你……」

如此咕噥的樂米凱洛迪，眼角有大滴淚珠盈眶，沿著臉頰流了下來。

「哎呀，讓各位見笑了。」

他連忙擦拭眼睛。

「我想起了許多以前的事情。年紀一大，眼淚就是禁不住啊。」

哈哈哈——威廉溫柔地笑了。

珂朵莉不懂他的心思，卻覺得那樣的笑法帶著某種悲戚。

6. 欲歸之處

「那麼，時間也剩下不多了。從今天起要做特殊點的訓練。」

在平時的訓練場（其實就是單純的廣場）上，今天只有威廉和珂朵莉兩個人。艾瑟雅與奈芙蓮只獲得指示要複習今天以前的訓練，還被吩咐今天別過來這裡。

威廉的表情，比平時嚴肅一些。

「在戰況吃緊時，討好聖劍心情的方式。還有要碰到那種狀況，才能使用的幾項大絕招。如果不專注於妳一個人身上，我也沒自信把這些東西教好。」

在威廉手上的是平時那根木棍。然而，珂朵莉手裡拿的可不同——是最強且無敵的遺跡兵器，瑟尼歐里斯。

「是那麼厲害的招式啊？」

「要說厲不厲害嘛，確實厲害。因為厲害過頭，我就用不來了。」

——咦？

「你那麼說，是什麼意……」

「簡直夠離譜的。號稱要有超強劍聖的血統，或者生來就受到詛咒，或者深愛之人被殘忍地奪走，總之就是身上貼著那類標籤的傢伙才用得來。我生為平凡的一般民眾，怎樣也得不到發動招式的資格啦，妳覺得那樣合理嗎？」

不是啦，那個……要別人附和你那些話，說來也挺困擾的耶。

「五百年前呢，我有樣學樣地試著用過一次。結果哩，因為招式發動不完全的關係，施展出的威力只能剷平半座山，沒資格發招卻硬要試的反作用也差點讓我沒命。假如我臨死前沒有被石化，滿有可能就掛在那裡了。」

呃。

那些話，從哪裡到哪裡是玩笑話啊？聽了可以笑嗎？

「——要由我來用那樣的招式嗎？」

「對。以資格來說無可挑剔，儘管我用不出有名稱的奧義，只要把重點放在掌控魔力的呼吸與基礎使劍方式，應該還是能讓妳澈底學會。」

威廉．克梅修很強。這不是單指作戰的能力。該怎麼說呢？珂朵莉覺得，他身為一個人也十分堅強。

連他都沒辦法企及的戰鬥方式，如今，卻說要由自己來繼承。

「話雖如此，因為確實沒時間了，妳得將我一口氣教妳的東西全設法學起來。」

「嗯……」

「此時此地，如果妳鬆懈了，在正式作戰之前就會出人命喔。會死的主要是我。」

珂朵莉懷著決心，對他點頭。

「嗯……咦？」

最後那句話是多餘的。

「打起勁。」

「我明白了。」

威廉拿木棍擺出架勢。

珂朵莉拿瑟尼歐里斯擺出架勢。

稍稍催發魔力。瑟尼歐里斯就像睡眠中緩緩醒來般，劍身微微迸開並瀰漫著光芒。

「——我問你喔。」

珂朵莉痛快地倒在草皮上提問。

「嗯？」

威廉則靠在附近的樹木上，疲憊地垂著肩膀回話。

「以前，你有沒有……類似情人的對象？」

「怎麼啦，突然問這個？」

「我想先了解。因為對我本身往後的計畫會有影響。」

「什麼話啊。」

威廉一邊搓弄著瀏海——

「我沒有那種空閒。因為拿到準勇者的資格以後，每天面對的就盡是修行、用功、戰鬥還有戰爭。」

一邊莫名懷念似的這麼回答。

「那我問你喔。在這以後，你有規劃要去哪裡嗎？」

「妳說的『在這以後』，是指什麼以後？」

「在我們倉庫，你是空有名分的管理員。契約並沒有說這份差事可以一直做下去吧？遲早會有任期或工作結束的那一天，不是嗎？」

「啊～……唉，也對。」

他思索。

「我既沒有決定，也沒有想過。假如找葛力克商量，他八成會提出許多可以歌頌人生的點子就是了。」

好像在哪裡聽過的陌生名字又冒出來了。所以那個叫葛力克的是誰啦？

「哎，至少我這陣子都會留在這裡啦。可以的話，我想親手痛扁所謂的〈獸〉，不過現在的我也只會扯後腿。」

所以——威廉說到這裡，嘴角便扭曲了。

「所以，我會在這裡做我目前有能力辦到的事。我會一邊照顧小不點們一邊等妳們回來，然後在妳們回來時盛盛大大地迎接啦。」

「……嗯。」

「畢竟都約好了嘛。我會烤奶油蛋糕，讓妳吃到肚子痛。」

「……嗯……」珂朵莉一邊微笑一邊點頭以後，想了一會兒才開口糾正：「……等一下，蛋糕的量是不是增加了？」

我算是什麼呢？珂朵莉如此思索。

這是最近這一陣子，在腦海裡浮出次數變多的疑問。

黃金妖精。沒死成的亡靈。並未活著的生命。為了正當擁有生命的人們，甘冒一切而戰的兵器。

適用的遺跡兵器為瑟尼歐里斯。年齡十五歲。誕生於九十四號懸浮島的森林中。

而且，即將懷著第一次單戀，前往令人絕望的戰場上。

可是呢。

自己有可以回去的地方。有對象說「我回來了」。

那個人，就在這塊地方，等待著自己。

所以，自己一定……不對，自己絕對能回來這裡。

而且，還會滿臉幸福地一邊大笑，一邊吃奶油蛋糕吃到肚子痛——

「……嗯？」

忽然間，威廉發出納悶的聲音。

「咦，怎麼了嗎？」

儘管身體還動不了，珂朵莉仍設法轉頭，將心愛之人的表情納入眼簾。

「剛才最後一次互擊，還記得嗎？」

「啊，記得。就是把你那招斬透什麼的往上擋開對不對？沒問題，教過一次的事情我就不會忘記。」

「那招叫『把斬透鶴』啦。原本是空手使用的招式，但稍微改編以後當成劍招用就會變得像那樣……唉，那部分妳不用去記就是了。」

「嗯。」

「我問妳記不記得，指的是另外一部分。瑟尼歐里斯。」

「……咦？」

「妳在卸除透鶴的衝擊時，就讓劍跟著彈飛了吧？劍飛到哪個方向去了，妳還記得嗎？」

「啊……呃……」

汗水沿著珂朵莉的臉流了下來。

六十八號懸浮島，是幾乎都被森林與沼澤覆蓋著的鄉下懸浮島。妖精倉庫周圍也不例外。生活範圍內會用到的樹木當然有經過採伐，可是在生活圈之外，林木空隙間不易看見的地方，便有大大小小種類各異的漆黑沼地遍布四處。

「不……不好了！」

現在並不是悠哉地說「身體還動不了」的時候了。珂朵莉硬是挖起酥麻地發出哀號的身體，並且當場蹦起來。

千鈞一髮。

連劍柄都沾滿泥巴的瑟尼歐里斯，在被人撈上來到被重新擦亮的這段期間，看起來似乎一直有股說不出的不滿。

†

這說來算題外話。

「唔呀～！」

後來有一段時間，緹亞忒老是重複著把芥末加進紅茶一口飲盡再慘叫的奇怪舉動——

在此僅補述這一點。

「閃閃發亮的劍」

-shall you save us?-

總覺得，像是作了某種漫長的夢。

十分溫暖，而又溫柔的夢。

†

「……嗯……」

稍微有點冷的風輕拂過身體。

小小的身體發抖以後，菈琪旭・尼克思・瑟尼歐里斯緩緩地睜開眼睛。

「奇……奇怪？」

她一邊揉眼皮，一邊起身。

環顧四周。在身邊有盛著清水的桶子，周遭乾乾淨淨。還有，已經擦得亮晶晶，由零化整拼湊成形的大劍——遺跡兵器瑟尼歐里斯。

春天的陽光稍稍西斜。

菈琪旭想到，這麼說來，自己最近睡得不太好。

身為成體妖精兵想先記得的知識，想先學會的技術有一大堆。因此，她每天晚上都讀書讀到有點晚。

再加上春天的這種好天氣。保養完瑟尼歐里斯的瞬間，強烈睡意就來襲了。於是，她無法抗拒地閉上了眼睛。

「啊哈哈……」

菈琪旭抬起臉龐。然後用袖子擦掉已經稍微流出來的口水。

沒有被別人看見吧？她心想。

該怎麼說呢？菈琪旭．尼克思．瑟尼歐里斯是個缺乏威嚴的女孩。長相溫柔，說話和氣，氣質溫和，連身上的氣息都像春天一樣。

菈琪旭不習慣用強硬的言語或態度，而且任誰都能輕易看出那一點。在感情要好的四人組當中，她大多站在規勸失控的可蓉或潘麗寶的立場，可是那兩個人都沒有乖乖聽勸的前例。或許是菈琪旭常常露出那一面的關係，實際上，她不太有受學妹尊敬的感覺。

除那以外，還讓人看到這副散漫德性的話，感覺就真的沒救了。在春天的向陽處，流著口水打瞌睡。大概再也不會被當成年長者看待了吧。

「沒辦法變得像緹亞忒那樣呢……」

菈琪旭想起重要的家人兼朋友，有著嫩草色頭髮的那個妖精。

怎麼形容對方好呢？她很帥氣。有自己想要變成什麼樣的具體形象，還朝那個目標累積著每一天。或許是那種嚴格的生活方式流露出風範，總覺得最近從她的站姿都可以感受到英氣。因為說了會害臊，菈琪旭實在不敢對她本人提就是了。

自己似乎沒辦法變得像那樣呢。

菈琪旭感到有點落寞。

「啊，對不起，瑟尼歐里斯。」

她想起自己讓愛劍久等了，連忙開始收拾。

倒掉桶子的水，重擰毛巾，把瑟尼歐里斯重新用布裹好。

……這麼說來，剛才作的夢。

所謂的夢在大多時候都像那樣，醒來以後，記憶就會像洗過似的淡化，然後逐漸消失。

即使如此，菈琪旭還是記得一點點。

在夢裡，拿著瑟尼歐里斯的珂朵莉學姊好像有出現。

還有不認識的某個人……理應不認識，卻覺得好像在哪裡見過的不可思議的女生……

似乎也是以帶著瑟尼歐里斯的模樣在夢中出現。

「那會是……」

菈琪旭想起瑟尼歐里斯的使用者肯定會遭遇悲慘下場的迷信說法。

可是，她卻不覺得那兩個人不幸。

倒不如說，正好相反。她們倆都有喜歡的人，都全心全力地想著那個人。菈琪旭強烈感受到那一點，甚至對她們的那副模樣抱有某種憧憬。

「……難道說，那是你讓我夢見的嗎？」

菈琪旭試著問瑟尼歐里斯。

說來理所當然，得不到回答。

而且，她也沒聽說過瑟尼歐里斯有引人入夢的功能。

當然了，遺跡兵器本來就是古代人族的遺產，如今已經沒有人曉得詳細的功能。就算有什麼隱藏功能也不足為奇。即使如此，菈琪旭怎麼也無法覺得剛才那場夢，是來自於護符功能或那一類的效力所致。

「……將來，我也會變得像她們那樣子嗎？」

全心全力地想著意中人的那兩個人。

「我是不是也能像那樣，喜歡上某個人呢？」

菈琪旭試著稍微想像。

在全是女生的這座妖精倉庫不會有任何邂逅。所以她將來會離開這裡，跟種族相近的男生認識。對方肯定是個酷似威廉先生的帥哥。然後自己就會受到吸引，貼近對方，並且細訴愛意。

緊接著，差不多在這個時間點，「那玩意兒」肯定會照例出現。多舛命運。

據說被瑟尼歐里斯選上之人，肯定會面臨的不幸發展。

儘管具體來說不曉得會發生什麼，感覺就是會造成嚴重的狀況。

「唔～……」

不行了。想像力不夠。

可是，大概沒必要害怕。

因為到時候，自己應該也不會孤單。到時候緹亞忒她們肯定都在身邊，也會毫不吝惜地幫忙出力才對。更重要的是，瑟尼歐里斯就是為了那一刻，才會認定自己為適用者。

「嗯。到時候，就要麻煩你支援了。」

菈琪旭雙手合十，朝著瑟尼歐里斯低頭拜託。

†

風吹起，使得裹著聖劍瑟尼歐里斯的一部分布料被掀開。其劍身沐浴在太陽光下，垂淚似的散發了些許白色光芒。

無法延後的後記／肯定仍是後記

在末日將至的世界一隅，理應已將自身故事完結的青年勇者，和接納末日而戰的少女們相遇了——

像這樣為各位奉上的《末日時在做什麼？有沒有空？可以來拯救嗎？》（以下簡稱末日有空）系列全五集，託大家的福，正廣獲好評發售中。續作《末日時在做什麼？能不能再見一面？》（以下簡稱末日再見）也活力充沛地在發展劇情，因此同樣請多多關照。

就說書名太長了嘛！

總之，我是枯野。在此將在系列故事中位置較特殊的兩段插曲，都收錄進同一冊中呈現給大家。

為了不學乖而卯起勁表示這次也要從後記讀起的讀者，我先在這裡揭露最重大的劇情橋段。呃～珂朵莉會吃到蛋糕。另外，黎拉會吃到餅乾。

至於特殊在哪裡，哎，我想諸位明智的讀者不待我說明也會以雪亮眼睛察覺才是。

……咦？啊，是的沒錯，這次封面上的女孩子確實沒有哭。但重要的不是那裡。不是的，重要歸重要，但特殊的部分不是只有那裡。

首先，這是已完結的「末日有空」的外傳故事集。並非目前仍在展開劇情的「末日再見」最新一集。

在正篇裡基於故事發展，幾乎沒有描寫到（往後也沒有那種規劃）的昔時大地是什麼樣的地方呢？在作品中被評為數一數二堅強的黎拉，實際上對威廉是怎麼想的呢？黎拉篇的內容便是著重於此；還有描寫了正篇第一集的高潮戲過後，在劇情編排及篇幅考量下，被省略掉的「出擊前幾天」是何種情境的珂朵莉篇。外加穿插其中，戲分似有若無地出來露一下臉的菈琪旭。

所以嘍，這幾段故事都算是擷取了**相對**和平的時光而著述成篇的。於末日世界忙碌奔波的那些少女，在稍早前過著什麼樣的時光呢？若各位能抱著一探其日常光景的心境來享受，那便是我的榮幸。

順帶一提，瑟尼歐里斯在每篇故事都有登場。全勤獎。就因為這樣，本作在執筆寫作時的代號叫「瑟尼歐里斯三部曲」。

在我手裡棄置不採用的故事大綱中，還有光是讓擬人化的瑟尼歐里斯喝酒發著牢騷：「所有人都異口同聲說我不好，說我有錯，但我也是全心全力在付出的耶！」這樣的故事存在，嗯，棄置不用是對的。

†

那麼，開始播送的時刻終於近了，這裡是動畫情報單元。

當我在寫這篇後記時仍被扣著不能提的種種資訊，肯定都已經公開了。

比方說，製作公司是SATELIGHT（！）。

比方說，導演是和田純一先生（！）。

還有，編劇是以往都沒從事過動畫工作的人。

……哎，是的。就是那樣沒錯。

由我枯野來操刀編劇工作。另外，還包括幾篇腳本。

設定複雜；心理描寫多；感情的動線相互交錯；連讀者到底要享受什麼部分，都端看該讀者發現了什麼而定，難處說不盡。「末日有空」這部作品，翻天覆地玩了一大堆只有在名為小說的媒體內才管用的把戲。

要根據那些來擬腳本。

感覺這件事會是相當嚴酷的挑戰，但我原本都傻傻地認為：「職業腳本家肯定會靠職業級技巧設法解決的」！

「我認為要連原作細處都充分了解的人，才寫得出腳本喔。」

「是啊，畢竟屬於那種類型的故事。」

「所以嘍，枯野先生，麻煩你了。」

「……咦咦咦？」

類似這樣的互動有的發生過，有的沒發生過，後來事情就這麼促成了。畢竟是第一次接觸的工作，有許多部分是邊學邊做，但我會努力讓讀過原作與沒讀過的觀眾，都能享受到故事的樂趣。

目前《末日時在做什麼？有沒有空？可以來拯救嗎？》的動畫正在這種體制下專心製

作中，在節目開播前請再稍候一段時日。

†

系列小說這一邊當然也會繼續下去。

下次當然就是出「末日再見」＝《末日時在做什麼？能不能再見一面？》的第四集（註：此指日本）了。在不遠的將來就會為各位獻上……我想沒問題，肯定沒問題的。

那麼，讓我們在那片天空下再聚吧。

二〇一六年冬

枯野　瑛

Kadokawa Light Novels

虎鯨少女橫掃異世界

Kadokawa Fantastic Novels

作者：にゃお　插畫：松うに

正值花樣年華的十六歲女高中生，
轉生成為沒有天敵的超強虎鯨！

抱著轉生成美少女展開新戀情的期待踏入異世界……結果變成了一隻虎鯨（俗稱殺人鯨）!?以虎鯨之姿被丟進異世界的虎子（原本是女高中生）雖想變回人類，卻事與願違，反倒用她的最強蠻力橫掃敵軍，進而升級！最後甚至被捲進下屆魔王選拔戰當中……？

台灣角川

NT$180/HK$55

Kadokawa Light Novels

渣熊出沒！蜜糖女孩請注意！ 1 待續

Kadokawa Fantastic Novels

作者：烏川さいか　插畫：シロガネヒナ

當熊男孩遇上蜜糖女孩？
最頂級的戀愛鬧劇登場！

阿部久真是個一亢奮就會變成熊的高中生。某天，他發現同班同學天海櫻的汗水是蜂蜜之後，居然把她推倒還大舔特舔！他甚至為私欲利用班長鈴木因校內出現熊所組成的捕熊隊的襲擊。然而在這場騷動中，櫻不知為何突然把久真當成寵物疼愛有加……？

台灣角川

NT$220/HK$68

©Taro Edo 2016

Kadokawa Light Novels

境域的偉大祕法 1 待續

Kadokawa Fantastic Novels

作者：繪戸太郎　插畫：パルプピロシ

你已經與神靈結合，
成為在世上創造出全新魔法技術的「王」——

鬼柳怜生，得年十七歲……原本應該是如此。怜生不知為何復活，而且在他面前出現一名有著紅色長髮、豐胸且容貌美麗的蛇女……蛇女？她還自稱怜生的「妻子」！獲得足以改變世界力量的少年，將對全世界及眾多的「王」展現霸道，故事就此揭開序幕！

NT$220/HK$68

台灣角川

Kadokawa Light Novels

14歲與插畫家 1 待續

Kadokawa Fantastic Novels

作者：むらさきゆきや　插畫、企畫：溝口ケージ

被理想、現實還有欲望耍得團團轉，
插畫家們最真實的日常在此大公開！

走在特殊癖好業界最前端的職業插畫家京橋悠斗，總是把所有心力灌注在輕小說插畫——尤其是肚臍上頭。也許是物以類聚，他身邊也盡是一些怪咖……而十四歲的角色扮演玩家乃木乃乃香，竟在活動結束之後來到悠斗家中，還被非常不得了的東西噴了一身!?

台灣角川

NT$190/HK$58

Kadokawa Light Novels

三千世界的英雄王 1 待續

Kadokawa Fantastic Novels

作者：壱日千次　插畫：おりょう

歡迎來到充滿中二的學園都市——
中二們的超大型戰鬥戀愛喜劇！

在學園都市「三千世界」裡，人們為格鬥競賽「暗黑狂宴」狂熱。被譽為「舉世無雙的天才」的劍士・刀夜決心參加暗黑狂宴，然而，學園長卻要求他變成「最弱的邪惡角色」參賽！他將和美麗的大小姐及自稱機器人的幼女組隊，踏上成為英雄王之路！

NT$220/HK$68

台灣角川

Kadokawa Light Novels

86—不存在的戰區— Ep.1 待續

Kadokawa Fantastic Novels

作者：安里アサト　插畫：しらび

少年與少女壯烈而悲傷的戰鬥，
以及離別的故事，就此揭開序幕。

共和國為應對鄰國的無人機攻擊，研發出同型武器，不再靠著人命堆疊的戰爭終於來臨——表面上確實如此。然而，位於全行政區之外的戰區中，少年少女們正「駕駛著無人機」，日夜奮戰——於第23屆電擊小說大賞摘下「大賞」桂冠的傑作，堂堂出擊！

台灣角川

NT$260/HK$78

國家圖書館出版品預行編目(CIP)資料

末日時在做什麼？有沒有空？可以來拯救嗎？. EX / 枯野瑛作；鄭人彥譯. -- 初版. -- 臺北市：臺灣角川, 2017.12-

冊； 公分

譯自：終末なにしてますか？忙しいですか？救ってもらっていいですか？. EX

ISBN 978-957-853-127-7(平裝)

861.57 106019815

Kadokawa
Fantastic
Novels

末日時在做什麼？有沒有空？可以來拯救嗎？ EX

（原著名：終末なにしてますか？忙しいですか？救ってもらっていいですか？ #EX）

2017年12月25日 初版第1刷發行
2024年6月17日 初版第10刷發行

作　者：枯野瑛
插　畫：ue
譯　者：鄭人彥

發行人：台灣角川股份有限公司
總　監：呂慧君
總編輯：蔡佩芬
主　編：林秀儒
編　輯：彭曉凡
設計指導：陳晞叡
美術設計：李思穎
印　務：李明修（主任）、張加恩（主任）、張凱棋、潘尚琪

發行所：台灣角川股份有限公司
地　址：104台北市中山區松江路223號3樓
電　話：（02）2515-3000
傳　真：（02）2515-0033
網　址：www.kadokawa.com.tw
劃撥帳戶：台灣角川股份有限公司
劃撥帳號：19487412
法律顧問：有澤法律事務所
製　版：巨茂科技印刷有限公司
ISBN：978-957-853-127-7